庫

十津川警部
追憶のミステリー・ルート

西村京太郎

徳間書店

目次

伊豆下田で消えた友へ

1

十津川《とつがわ》は、大学時代の友人、小島信《こじましん》から手紙をもらった。

小島は、卒業後、R食品に就職し、現在営業部長である。大学時代も生真面目《きまじめ》で、緻密《ちみつ》な頭の持ち主だったから、R食品でも社長に信頼され、四十歳で部長になれたのだろう。

R食品は、この業界では中堅だが、最近、健康飲料の方面にも進出して、業績をあげ、大手に迫っている。小島も、やり甲斐《がい》があるだろうと、思っていたところだった。

〈今、下田《しもだ》に来ている。

一週間、ここで、ゆっくりとするつもりだ。少しばかり働き過ぎて疲れているので、身体と精神を休めるには、いいチャンスだと思っている。休暇を願い出たところ、社長も、快く許可してくれた。下田といっても、ちょっと奥に入った蓮台寺《れんだいじ》で、旅館の女将《おかみ》の話では、下田は、もう温泉は出にくくなっていて、この蓮台寺が湯元になっているらしい。羨《うらや》ましい話だ。

この辺りの桜は、惜しくも散ってしまっている。それが残念だが、サイクリングで、海の景色を楽しんで過ごすつもりだよ。

君とゆっくりと話し合いたいことがあるのだが、事件に追われている君を誘っても、無理だろう。いつか、お互いに、定年になって、ゆったりと余生を楽しむことが出来るようになったら、好きな海を見ながら、無駄話でもしたいものだね。

明日、石廊崎《いろうざき》にでも行ってみるつもりだ。

五月二十日

下田にて、小島　信〉

これが、小島から届いた手紙である。小島とは、社会人になってからも何回か会っていたし、年賀状くらいはもらっていたが、こうした手紙が届いたのは、初めてだった。

それに、去年の同窓会で会ったとき、小島は、これからはもう手紙で意思を通わせる時代ではない、電話とファクシミリの時代だといっていた。

その男が急に手紙をくれたのは、久しぶりに休みをとり、下田の自然の中で、ゆっくりものを考える気持ちになったからに違いない。事件に追われている十津川も、ふいに休みがとれると、友人に手紙を書きたくなることがあった。ただ、彼の場合は、結局、書かなかったのだが。

手紙を受け取ってから二日後の五月二十三日に、十津川に電話が掛かった。

「小島さんという方からです」

と、西本《にしもと》刑事にいわれて、十津川は、自分の前の受話器を取った。手紙の礼をいおうとして、

「十津川だ」

と、いうと、

「小島でございます」

という女の声が、返ってきた。

十津川は、あわてて、

「失礼しました。奥さんですか？」

「はい」

「私に何か？」

「小島が、今、何処《どこ》にいるかご存じでしたら、教えて頂きたいのですけど」

「彼は、奥さんに何もいわずに、出かけたんですか？」

「私、今、事情があって、別居しておりますので――」

「ああ、それは――」

と、十津川は、いうより仕方がない。

そのあと、一昨日、下田から、手紙が届いたことを話した。

「下田といっても、蓮台寺のようです」

「何という旅館に、泊まっているんでしょうか？」

「ちょっと待って下さい」

十津川は、机の引出しから、手紙を取り出して、封筒の裏を見た。が、そこにあったのは、「下田にて、小島信」という文字だった。旅行先ということで、旅館の名前は、書かなかったのだろう。

「ええと、手紙には下田としか書いてないので、こちらで調べてみましょう。わかったらお電話します」

と、十津川はいい、相手の電話番号を聞いた。

下田蓮台寺には、十四軒のホテル、旅館がある。幸い、まだ何も事件が起きていないので、十津川は、若い西本刑事に頼んで、当たってもらうことにした。

西本は、電話で問い合わせていたが、それがすむと、

「小島信という客が泊まっているホテル、旅館は、蓮台寺にはないようです。下田も調べてみますか？」

「いや、もういい。ありがとう」

と、十津川はいった。

偽名で泊まっているのかもしれない。毎日、仕事に追われているエリート・サラリーマンが、やっと一週間の休みを手に入れ、心身のリフレッシュをと計画をたてれば、孤独になろうとして、偽名を使うことは、十分に考えられるのだ。

（それなら、なぜ、おれに手紙をくれて、下田蓮台寺に来ていると、教えたのだろうか？）

その疑問について、深く考える間もなく、事件が発生して、十津川は、部下の刑事たちと、飛び出さざるを得なくなった。

2

二日後、晴海埠頭《はるみふとう》近くの東京湾で、男の水死体が発見された。殺人《ころし》の可能性もあるということだった。

十津川たちが、パトカーで駈けつけたとき、死体は、すでに埠頭に引き揚げられていた。

死体は、俯伏《うつぶ》せに横たえられていた。先に来ていた、初動捜査班の佐伯《さえき》警部が十津川に、

「後頭部をよく見てくれ。裂傷がある。あれが殴られたものなら、これは殺人だ」

「わかった」

と、十津川は頷《うなず》いた。

佐伯は、死体を仰向けにした。

「身元だが、背広のポケットに、運転免許証があってね。それによれば、住所は世田《せた》谷《がや》区松原《まつばら》×丁目コーポ松原306」

「名前は、小島信か？」

「知ってるのか？」

「ああ、大学時代の友人だ」

「それなら、なおさら君が調べるべきだな」

と、佐伯はいった。

十津川は改めて、死体の顔に眼をやった。海水に浸《つか》っていたせいで、醜《みにく》くふくらんでいるが、まぎれもなく小島だった。

佐伯たちは、十津川に引き継ぎをして、帰って行った。

残されたのは、四十歳の男の死体と、彼が所持していた運転免許証と財布だった。

財布の中身、一万円札十五枚と、千円札七枚である。

背広は、濡《ぬ》れて身体に張りついているが、靴と靴下は脱げてしまったのか、素足だった。

検死官は、十津川に向かって、

「死後三日ぐらいかな」

「ということは、二十二日くらいに、死んだということになるね」

「そうだな。ただ、その日の何時ごろかまでは、ここではわからんよ」

「後頭部の傷は、殴られたものかね？」

と、十津川はきいた。

「十中八、九、間違いないね。他に外傷らしき跡がないから、後頭部の傷は、人為的につけられたものだと思うよ」

と、検死官はいった。

「凶器による傷だとしたら、使われたものは、何だろう？」

「ハンマーか、スパナか、鉄パイプといったところかな。拳銃の台尻でも、同じような裂傷ができると思うがね」

「三日間、海水に浸っていたんだろうか？」

「たぶんね」

と、検死官はいった。

死体は、解剖のために運ばれて行った。が、十津川は、すぐパトカーには戻らず、埠頭の端に立って、しばらく水面を見つめていた。

「何を考えておられるんですか？」

と、亀井《かめい》が傍《そば》に来てきいた。

「どうも、不思議な気がしてね」

「警部のお友だちが、ですか？」

「ああ、大学の同窓でR食品に勤めていた男だ。それだけなら、別に不思議じゃないんだが、小島から手紙をもらっていた」

「下田蓮台寺の件ですね」

「彼は、会社に一週間の休みをもらって、下田へ来たと、手紙を書いていたんだ。五月二十日に着き、これから一週間、海を見て、のんびり過ごすとも書いてあった。私が手紙を受け取ったのは、二十一日でね。なぜ、この東京湾に浮かんでいたのか。それが不思議だったんだよ」

　と、十津川はいった。

「確かに、不思議ですね」

「小島は、R食品の営業部長だ。カメさんはR食品に行って、彼のことをいろいろ調べて来てくれないか。仕事は、うまくいっていたのか、敵はいなかったかといったことだ」

「わかりました。警部は、どうされます？」

「警視庁に戻って、小島の手紙を、もう一度読み直してみたいんだ」

　と、十津川はいった。

亀井が、西本刑事を連れて、東京八重洲《やえす》口にあるR食品本社へ廻ったあと、十津川は、警視庁に戻った。

机の引出しから、例の手紙を取り出した。

封筒の消印は、間違いなく、下田蓮台寺である。

便箋《びんせん》三枚の手紙を、十津川は、もう一度、読み直してみた。受け取って、すぐ読んだときは、見過ごしてしまっていたことが、彼が死んだ今、読み直すと、一つの謎として、引っかかってくるのだ。

十津川は、それを三枚並べて、黒板に鋲《びょう》で留めていった。亀井たちにも読んでもらって、意見をききたかったのだ。

小島は、何といっても友人である。もちろん、そんなことは無視して、今度の事件を考えるつもりだが、手紙を読む場合でも、自然に、個人的な感情が入ってしまうかもしれない。それを、恐れたからだった。

二時間ほどして、亀井と西本が、聞き込みを了《お》えて、帰って来た。

「被害者は、典型的なエリートだったようですね」

と、まず亀井がいった。

「そのとおりなんだ。彼は、大学時代から優等生でね。社会に出てからも、そうだったんだと思う」

「社長や重役連中も、これから小島部長に期待していたのに、残念なことになったと、いっています」

「一週間の休暇については、何かいっていたかね？」

「小島部長が、今年になって、ほとんど休暇をとっていないので、特別に一週間の休暇を与えた。それをどう使うかは、知らなかった。こんなことになって、びっくりしていると、いっていましたね」

「今年になって、休みをとっていなかったのか」

「そうらしいです」

「一流企業の管理職ともなると、大変だな」

「今は、特に大変なんでしょう」

と、亀井は同情するようにいった。

確かに、バブルがはじけた今は、企業の幹部社員は、大変だろう。新聞にも、ときどき部課長クラスが、ストレスから自殺したという記事が、載っていた。それを考えると、R食品が、小島に一週間の休暇を与えたのは、よかったのだ。たまたま、それが死につながってしまったのだが。

十津川は、亀井たちに、黒板に留めた小島の手紙に眼を通して、感想をいってくれと頼んだ。

亀井、西本、日下《くさか》、清水《しみず》、それに北条早苗《ほうじょうさなえ》の五人は、それぞれ小島の手紙を読み始めた。

彼等の感想と疑問は、二つに分かれた。

一つは、なぜ小島が手紙を書いたのかという疑問である。もう一つは、手紙の内容についての疑問というか、感想だった。

第一の疑問は、せっかく、ひとりになってストレス解消を図りたいはずなのに、なぜ、友人の十津川に手紙を書いたのかという疑問である。

これについて、さまざまな答えが出た。十津川は、わざと自分の考えをいわなかった。まだ、小島がなぜ殺されたのか、わからなかったからである。

文面についての亀井たちの疑問は、三つに集約された。

第一は、蓮台寺が、下田の湯元になっていると書いたあとに、「羨ましい話だ」としている点だった。小島が、温泉の出なくなった旅館主なら、この文句は別におかしくはないが、単なる観光客としては、奇妙な文句ではないか。

第二は、「この辺りの桜は、惜しくも散ってしまっている」という言葉である。伊豆《い ず》、特に南伊豆の桜の開花は、東京より早い。三月下旬にはもう咲いていることが多い。四月中には、もう散ってしまっているはずである。五月二十日に行って、「惜しくも――」というのは、おかしいではないか。

第三は、サイクリングをするみたいに書いてあることだった。津和野《つわの》のような小さな町の観光なら、自転車は最適だが、伊豆は広い。運転免許証を持っているのなら、バイクか車を借りるのではないか。

これが、亀井たちの指摘だが、十津川は、もう一つ、首をひねった箇所があった。

小島が、「君とゆっくりと話し合いたいことがあるのだが――」と、書いてあるところだった。彼が何を話し合いたいと思ったのか。彼が死んでしまった今は、推測のしようがない。十津川が、妙に思うのは、小島が話し合いたいと書いているくせに、続けて、定年になる二十年もあとに期待してしまっていることだった。本当に話し合いたいのなら、伊豆から帰ったら会いたいねと、書くべきだろう。

「確かに、妙な手紙ですね」

と、亀井がいった。

十津川は、もう一人、この手紙について、きいてみたい人間がいた。

小島の別居中の妻の、みゆきである。

それに、彼女には、まだ、返事をしていなかった。小島が死んだと知れば、さぞ、びっくりするだろう。

十津川は、彼女が教えてくれた電話番号に、かけてみた。

ベルは鳴っているが、いくら待っても、みゆきは、電話口に出なかった。

3

「カメさん。一緒に行ってもらいたいところがある」

と、十津川はいい、亀井と二人、パトカーで、みゆきに会いに出かけた。

場所は、四谷《よつや》三丁目のマンションである。その509号室が、別居したみゆきの住まいだった。

すでに、午後九時を回っている。たぶんこの時間なら、家にいるだろう。そう思って、十津川は来てみたのだが、509号室は、閉まっていて、いくらインターホンを鳴らしても、返事はなかった。

十津川は、急に不安になってきた。

亀井が、一階から管理人を呼んできた。初老の管理人は、

「何処にも、お出かけになっていないはずですがねえ」

と、いう。その言葉が、いっそう十津川を不安にした。

「部屋を開けてくれませんか」

と、十津川はいった。

「いいんですか？」

「責任は、私が持ちます」

と、十津川はいった。管理人は、予備のキーを持って来て、509号室を開けてくれた。

1LDKの部屋は、真っ暗だった。

亀井がスイッチを探して、電気をつけた。急に明るくなって、十津川は、小さくまばたきをした。

入口を入ってすぐが、十二畳ほどの洋間になっている。その部屋のソファに、ネグリジェ姿の女が横たわっているのが、眼に飛び込んできた。

大理石のテーブルの上には、グラスが一つ転がり、ヘネシーの瓶が、床に倒れているのが見えた。

十津川は、青白い顔で、女の手首に触れた。脈はもう消えている。死んで、かなりの時間が経っているようだった。

「青酸カリのようだな」

と、十津川は呟《つぶや》いた。

「お話しになっていた小島みゆきさんですか？」

「ああ。前に会ったことがあるから、間違いない」

「自殺でしょうか？」

「彼女は、ネグリジェで死んでいるんだ。死んだのは夜だろう。死人が、明かりを消すかね？」

と、十津川はいった。

「では、殺しですか？」

「ああ、間違いないね。犯人は、彼女を毒殺しておいて、逃げたんだが、たぶん、癖で、電気を消したんだろう。それで、他殺であることを、証明してしまったんだ」

「ご主人の事件と同一犯人と思われますか？」

「ああ。そう思う」

「しかし、警部。みゆきさんは、別居中だったんでしょう？　犯人は、なぜ、彼女まで殺す必要があったんでしょうか？」

と、亀井がきいた。

「そこが、私にもわからないんだよ」

と、十津川はいった。

三上《みかみ》刑事部長も、同一犯人説を支持して、二つの事件を、十津川が担当することになり、捜査本部は、築地《つきじ》署に置かれることになった。

十津川は、翌日、静岡県警に、捜査の協力を要請する電話をかけた。

小島信の顔写真を送り、彼が五月二十日から泊まったホテル、旅館を探してもらうことにした。

顔写真が送られて、二十四時間後に、下田署から電話の回答があった。

蓮台寺のS荘に、五月二十日から、写真の男が、太田靖男《おおたやすお》の名前で、泊まったことがわかったという知らせだった。

十津川と亀井は、すぐ、下田蓮台寺に行くことにした。西本刑事たちには、小島とみゆきの周辺の聞き込みを続けるように指示しておいて、二人は、新幹線と伊豆急《いずきゅう》を乗りついで、昼過ぎに蓮台寺に着いた。

伊豆急蓮台寺駅には、下田署の林《はやし》という刑事が迎えに来てくれていて、車でS荘に案内された。

S荘は、南伊豆の旅館らしく、入口に大きな蘇鉄《そてつ》が、植えられている。

林刑事が、マネージャーを紹介してくれた。

太田靖男の偽名で、小島が泊まった二階の部屋に、そのマネージャーが案内した。

窓を開けると、眼の下に、旅館の中庭が広がり、五十メートルの温水プールでは、水着姿の若い女性が歓声をあげている。

（小島も、こんな景色を見ていたのだろうか？）

と、十津川は思いながら、マネージャーに、

「彼は、五月二十日の何時ごろ、ここに着いたんですか？」

「午後二時半ごろでした」

「ひとりで、来たんですか？」

「はい」

「出発したのは？」

「五月二十二日の朝でした」

「ここにいる間、誰か訪ねて来ましたか？」

「いや、お見かけしませんでした」

「電話は、どうですか？」

「よく、おかけになっていたみたいですよ」

「その記録は、残っていますか？」

「いや、ございません」

「しかし、電話を使えば、自動的に記録が残るんじゃありませんか？」

「それが、携帯電話をお持ちでして、それで、しょっちゅう、おかけになっていましたから」

と、旅館のマネージャーはいった。

「なるほど」

と、十津川は頷いてから、

「出発するときは、タクシーを呼んだんですか？」

「いや、あのお客さまは、レンタ・カーをお使いでした。それに乗って、出発なさいました」

「何処のレンタ・カーだったか、わかりますか？」

「あれは、たぶん下田駅近くの営業所だと思いますよ。車は白のソアラでした」

と、マネージャーがいった。一緒に話を聞いていた下田署の林刑事が、

「調べてみましょう」

と、小声でいって、階下へ降りて行った。

十津川は、マネージャーに、

「ここに来てから、携帯電話をかける以外に、彼は何をしていました？」

「そうですねえ。最初の二十日は夕食前に、外出されました。二十一日は、夕食のあと、外出なさいました、レンタ・カーで」

「何時間くらい、外出していましたか？」

「二十日は、一時間でしたね。二十一日は、お帰りになったのは、かなり遅かったですよ」

「何時ごろですか？」

「確か、十二時近かったと思いますね」

「二十二日に、出発するときの様子は、どうでした？　ニコニコしていましたか？　それとも暗い顔でしたか？」

と、亀井がきいた。

「それは覚えていませんが、腕時計を見ながら、ひどく急いでいらっしゃいましたね。最初は、一週間のご予定だったんですよ。それが、二十一日の夜遅くお帰りになってから、急に明朝早く出発することにしたといわれましてね。二十二日は、朝の七時に朝食をお運びしました」

「なぜ、急に出発することになったのか、わかりますか？」

と、十津川がきくと、マネージャーは、当惑した顔になって、

「そこまでは、どうも——」

と、いう。

階下に降りていた林刑事が上がって来て、

「小島信が車を借りた営業所が、わかりました。下田駅そばのトヨタのレンタ・カーの営業所です」

「そこへ案内して下さい」

と、十津川はいった。

4

蓮台寺から下田まで、車で七、八分だった。

伊豆急下田駅は、前に十津川が来たときとは、すっかり変わって、大きく明るく改造されていた。構内には、洒落《しゃれ》たレストランやスーベニールの店が並んでいる。

問題の営業所は、駅前の広場に面して、看板をかかげていた。

十津川が警察手帳を示してきくと、営業所の人間が、二十日の営業記録を見せた。

間違いなく、二十日の午後二時五分に、小島は、ここで白のソアラを借りていた。

S荘でも、二十日の三時半ごろに、到着したといっているから、この営業所でソアラを借りてから、まっすぐにS荘に向かったのだろう。

「それで、小島は、いつ、このソアラを返しましたか？」

と、十津川はきいた。

「それが、まだ返して頂いていないんです」

「返していない？」

「ええ。そこに書いてあるように、一週間ということで、お貸ししましたが、まだ、返っていません。それで、運転免許証にあった住所に問い合わせたんですが、返事がなくて、困っているんですよ」

と、相手はいった。

「彼は、死んだよ」

と、亀井がいうと、相手は、「え？」と声をあげた。

「車は、どうなりました？」

「車は、わからないな。本人は、東京湾で発見されたんだ」

亀井は、ぶっきらぼうにいった。

十津川は、その足で下田署へ行き、署長に挨拶《あいさつ》してから、電話を借りて、東京の捜査本部にかけた。

北条早苗刑事が、電話に出た。

「十津川だが、何かわかったことがあるかね？」

「まだ、聞き込みを続行中です」

と、早苗がいう。

「晴海埠頭近くの海中を、ダイバーを入れて調べるように、指示してくれないか。ひょっとすると、白のソアラが、沈んでいる可能性がある。静岡ナンバーのレンタ・カーだ」

「被害者が乗っていた車ですか？」

「かもしれん。私とカメさんは、今日はS荘に泊まるから、何かあったら、そちらへ連絡してくれ」

と、十津川はいった。

十津川と亀井は、蓮台寺に戻り、S荘に入った。

十津川が知りたいのは、小島がこの蓮台寺に来て、誰と電話をし、何処へ行き、誰に会ったかということだった。

　幸い、小島が借りたレンタ・カーの車種とナンバーは、わかっている。それに、顔写真で、南伊豆周辺に手配すれば、目撃者が見つかるのではないか。

　十津川は、電話を下田署の林刑事にかけ、この要望を伝えた。

「わかりました。署長に相談して、すぐ実施します」

と、林刑事は答えてくれた。

「われわれも、レンタ・カーを借りて、廻ってみましょう」

と、亀井がいった。

　早目に、旅館で夕食をとり、二人は、もう一度、下田駅近くの営業所へ行き、車を借りた。

　そこで、伊豆半島の道路地図をもらい、二人は、まず石廊崎に向かって、車を走らせた。小島が、手紙の中で、「明日、石廊崎にでも行ってみるつもりだ」と、書いてあったからである。

　道路沿いにあるガソリンスタンドや土産物店、レストランで、十津川たちは、小島の顔写真を見せ、ソアラのナンバーをいい、見なかったかどうかを聞いた。

　なかなか、期待する返事は、戻ってこない。人間は、自分に利害関係のないことには無関心だということを、十津川は、嫌でも思い知らされた。

小島が、そこで何か買い物をしたか、あるいは損害を与えていれば、覚えているのだろうが、ただ通過しただけなら、覚えてなどいないのだ。

石廊崎は、ウィークデイにも拘《かかわ》らず、観光客の姿があった。車で来ている人も多い。熱帯の花や魚などを集めたジャングルパーク。そこを通り抜けて、先端の石廊崎へ二人は歩いて行った。断崖《だんがい》を吹き上げてくる風が強く、激しい。

（小島は、ここへ来たのだろうか？　もし、来たとすれば、なぜ、彼の死体が、晴海の海に沈んでいたのだろうか？）

亀井と、石廊崎近くのレストランに入り、そこで、十津川は、西本に連絡をとった。

「警部に連絡しようと、思っていたんです」

と、西本がいきなりいった。

「何かわかったのか？　レンタ・カーのソアラが見つかったのか？」

と、十津川はきいた。

「車は、まだ見つかっていません。死んだ小島の奥さん、みゆきについて、調べているうちに、妙なことがわかってきました」

「どんなことだ？」

「彼女の友人で、現在、銀座《ぎんざ》で画廊をやっている女性がいます。今里亜矢子《いまさとあやこ》という独身の女性です。彼女は、みゆきと、ときどき会ったり、電話をしたりしていたそうなんですが、二十日ごろ、彼女と電話のやりとりをしたというのです。そのとき、みゆきは、会社の人から、夫の行方をきかれて困っているといっていたというのです」

「R食品から？」

「ええ。みゆきは、別居中の私が、夫の行方を知ってるわけがないのにと、文句をいっていたそうです。みゆきが知らないといっても、会社の人は、何度も電話してきて、夫が会社に来ないので、困っているから探してくれといったそうです」

「それで、彼女は、私にも電話してきたのか」

「そうだと思います」

「妙だな」

と、十津川は呟いた。

R食品では、小島が休みもとらずに働いていたので、骨休めに一週間の休暇をとらせたと、いっていた。

それなのに、みゆきには、小島が会社に来ないので困っている。どこに行ったのか知らないかと、電話したらしい。

これは、どういうことなのだろうか？

十津川には、小島夫婦の間がどうなっていたのかわからない。しかし、別居中だったことを考えれば、二人の間が冷えていたとみていいだろう。みゆきは、物事をはっきりしたい女の感じがしていたからだ。

そのみゆきに、R食品が夫の居所をきいてくる。それもしつこくきかれたら、なぜ、別居している自分に、夫の行方をきくんだと、愚痴をこぼしたくなるだろう。たぶん、みゆきはR食品にきかれたとき、別居中だから、知らないと答えたのだろう。それにも拘らず、しつこくきいてくるので、彼女は、仕方なく、十津川にまで電話してきたのではないか。

あのとき、十津川は、みゆきに、伊豆下田から届いた小島の手紙のことを話した。彼女は、そのことをR食品に教えたのだろうか？

「どうされましたか？」

と、亀井が十津川にきいた。

「妙な具合になってきたよ。どうも、小島は会社に無断で休んで、下田へ行っていたらしい」

「しかし、手紙には、休暇をとって下田に来ていると、書いてありましたね」

「ああ。R食品も、休暇をとっているといっていたね。それが嘘《うそ》だったらしいのだ」

「どちらがですか？」

「小島も手紙に嘘を書いていたが、R食品も、実際は、小島の行方がわからず、必死になって、探していたらしい」

「確かに、妙な具合ですね」

と、亀井がいう。

「単純に考えれば、エリート管理職が、ストレスに疲れて、あるとき、ふっと、会社に無断で、伊豆下田へ遊びに出かけた。会社のほうは、彼にやってもらう仕事があるので、あわてて探しまくったということになる」

「その気持ちわかりますね。私だって、ときにはふっと、誰にも黙って、見知らぬ土地に逃げたくなることがありますよ。一日中、海を見ていたいと思ったり――」

「同感だね」

「警部も、そうですか」

「そうさ。無性にひとりきりになりたいときがあるよ。ただね、今度の場合、小島は殺されている。別居中の奥さんもだ。そこが違っている」

「手紙のことも、ありますね」

と、亀井はいった。

「ああ、そうだ。私なら、日常生活から逃げるときには、身内にも行き先をいわないよ」

「小島さんは、警部の親友だったんですか？」

と、亀井がきいた。

「友人だったが、特別に親しかったわけじゃないよ」

「それなのに、なぜ、警部にあんな手紙を出したんでしょうか？」

「それを、ずっと考えていたんだよ。実は小島の親友といわれていた男がいてね。大学時代、双子みたいだといわれていた。社会に出てからも、親しくつき合っていた男でね。彼に電話したら、彼のところには、下田から手紙を出していないんだ。とすると、小島が私に手紙をくれたのは、私が刑事だからじゃないか」

「それは、彼が、殺されることを予期していたということになりますか？」

「そう思えてきたよ。だから、小島は手紙の中に、おかしな記述を何ヵ所か記しておいたんじゃないか。自分が死んだとき、私があの手紙の奇妙さに気付いて、調べてくれることを期待してだよ」

と、十津川はいった。

「警部、自殺としか見えない死に方をしていても、あの手紙に疑問を持たれましたか?」

亀井が、ちょっと意地悪な質問をした。十津川は、正直に「わからないな」といった。

「しかし、あの手紙に、引っかかるものは感じ続けていたろうね」

「これから、どうされますか? ここまで、小島さんが石廊崎に来たという証拠は、つかめていませんが」

「もう少し聞き込みを続けてみたい。小島は、あの手紙で私に、万一のとき、調べてくれと、いい残した。そんな奴なら、石廊崎に来た証拠だって、何処かに残しているはずだと思う。手紙に石廊崎にでも行ってみるつもりだと書いておけば、私が、そこを調べるに違いないとも、思っていたはずだからね」

と、十津川はいった。

「じゃあ、このレストランで聞いてみましょう。ここは、まだ聞き込みをやっていませんからね」

と、亀井はいった。

店の前は広い駐車場で、その先にジャングルパークがあり、奥に進めば石廊崎の先端に出る。

　石廊崎へ行くといえば、たいていここへ来るのではないか。車で来たとすれば、なおさらである。

「当たってみよう」

　と、十津川も頷いた。

　二人は、食事代を払ってから、ウエイトレスやマネージャーに、小島の写真を見せて廻った。

　ウエイトレスの一人が、ニッコリして、

「この人なら、覚えてます」

「じゃあ、ここに来たんだね？」

「ええ。いらっしゃって、食事をされましたよ」

「なぜ、覚えているのかね？　お客は、たくさん来るだろうに」

　十津川がきくと、二十一、二歳の小柄なウエイトレスは、

「だって、とても変なお客さんだったから」

「どんなふうに、変だったのかね？」

「二十二日のお昼少し前にもう一人の男の人と、見えたんですよ。注文なさったのは、

確かカレーライスだったと思いますわ。そのあとコーヒーといわれたんで、持って行ったら、いきなり、この写真の人に手をつかまれたんですよ」

「それで？」

「それから、一緒の男の人をあごで指して、わたしに大きな声でいうんです。こいつはねえ、怖い男で、おれを殺そうと考えてるんだ。あんたからどうやって、おれを殺そうと思ってるのか、きいてみてくれよって」

「面白いな」

「ええ。でも、わたしは困っちゃって。いわれた男の人は、つまらない冗談は止《よ》せよって怒ってましたわ」

「その男というのは、どんな人間だったね？」

と、亀井がきいた。

「背の高い男の人でしたよ。年齢《とし》は、四十歳ぐらいかしら。うすいサングラスをかけてました。彫《ほ》りの深い顔で、冷たいっていえば、冷たい感じでしたわ」

「服装は？」

「きちんと、背広を着てましたわ」

「感じは、ヤクザっぽかったかね？」

「いえ。ちゃんとしたサラリーマンの感じの人でしたわ。ただ、陽焼《ひや》けしてたから、何か運動をしてるのかもしれませんわ」

「写真の男は、相手を何と呼んでいたか、わからないかね？」

と、十津川はきいた。

「名前は、呼ばなかったみたい。こいつ、こいつって、いってたのは、覚えているんです」

「君に、そんなことをいってから、そのあとは？」

「連れの男の人が、コーヒーも飲まずに、引っ張るようにして帰って行きましたわ」

「確かに、変な人だな」

「そうなんですよ。気がついたら、わたしの手の中に、一万円札が小さくたたんで入っていたんです。あわてて返そうと思ったら、二人の男の人は、もう車で走って行ってしまいましたわ」

「連れの男の似顔絵を、作りたいな」

と、十津川はいった。それは、下田署に頼めばいいだろう。亀井が、下田署に電話をかけに立ち上がった。

一時間ほどして、絵に自信のある刑事が、スケッチブックを持って、パトカーで駈けつけてくれた。

似顔絵が出来あがると、十津川はそれを、下田署でコピーしてもらった。

5

翌日、静岡県警には礼をいって、十津川と亀井は、特急「踊り子号」で東京に戻ることにした。

二人の顔が明るかったのは、下田で収穫があったからである。

座席に腰を下ろすと、その収穫の再検討をした。

「五月二十二日の朝七時過ぎに、小島は、蓮台寺のS荘をチェック・アウトした」

と、十津川は、手帳のメモを見ながら、確認するようにいった。

「腕時計を気にしていたといいますから、誰かに会うことになっていたんだと思いますね」

と、亀井。

「そして、昼少し前に、石廊崎のレストランに男と二人で現われ、カレーライスを食べている」

「この男が、会うことになっていた相手でしょうか？」

と、亀井は似顔絵を前に置いた。

「会う相手か、あるいは、その使いだろうね」

「ウエイトレスをつかまえて、妙なことをいったのは、どう解釈しますか？」

と、亀井がきいた。

「万一のとき、私が、小島の手紙から、石廊崎に来ることを期待して、パフォーマンスをしておいたんだろう。そのうえ、一万円をウエイトレスに渡しておけば、彼女がそれを強く意識して、覚えていてくれると計算していたんだと思うね」

「そうだとすると、彼は、自分が、殺されるかもしれないと思っていたんでしょうか？」

「その恐れは、持っていたんじゃないかね。ただ、本当に殺されると思っていたら、あのレストランに来たとき、逃げ出すか、ウエイトレスに助けを求めていたと思うね。だから、殺される心配はあったが、何とか、相手を説得できるかもしれないとも思っていたんじゃないかな。とにかく、小島が、どんな状況に置かれていたのか、それがわからないと、どうしようもない」

「それは、どうしたら、わかりますか？」

「R食品を調べたいね。小島が、何を悩んでいたか、何を恐れていたかを考えてみた。奥さんとは別居していたが、子供はいなかったし、もし、奥さんとやり直したかったのなら、彼女に黙って、下田へ逃げたりはしなかったろう。修復の努力をしていたはずだ。となれば、彼の悩みは、仕事のことに違いない。彼は、卒業後、R食品に入り、ずっとR食品で働いてきた。四十歳で、部長になっている。それを考えると、小島はR食品にとって、重要な人間だったということになる」

「その人間が、会社に無断で休み、下田へ来ていたわけですね。そのうえ警部に不可解な手紙を書いた」

「もう一つ付け加えれば、会社は、必死になって、小島を探し廻り、私に嘘をついた。小島は休暇をとっているとね」

「会社と小島さんの間に、何かあったということですね」

「それが、命取りになったのだとしたら、それが何か、ぜひ知りたいね」

と、十津川はいった。

東京に着くと、十津川と亀井は、その足で、R食品の本社に向かった。

二人は、社長に会いたかったのだが、会えたのは、角田《つのだ》という管理部長だった。

五十歳前後に見える角田は、十津川たちに向かって、

「小島さんのことでは、ショックを受けています。てっきり、楽しい休暇を過ごしていると思っていたものですから」

「彼は、ちゃんと、休暇届を出しているんですか？」

「もちろんですよ。それが、会社の規則ですから」

「じゃあ、それを見せてもらえませんか」

と、十津川はいった。角田は、眉《まゆ》を寄せて、

「なぜ、そんな必要が？」

「これは、殺人事件ですからね」

と、十津川はいった。

角田は、小さく肩をすくめ、秘書に、その休暇届を持って来させた。

確かに、小島信の名前が書かれ、印も押された休暇届だった。

「これは、小島信の筆跡ですか？」

「いや、違いますよ」

「違う？」

「ああ、変な顔をしないで下さい。私なんかも、秘書の女の子に書いてもらいます。ハンコも彼女に預けてあります。小島さんも、そうしていたんだと思いますね」

「彼が、ちゃんと休暇届を出しているのに、会社は、彼を探し廻りましたね。別居中の奥さんにもきいている。これは、どういうことなんですか？」

と、十津川はきいた。

「ああ、あれは、急用が出来たからなんですよ。確かに休暇届は出ていましたが、行き先はわかりませんでしたからね」

「どんな急用だったんですか？」

「それは、もう解決しましたから」

と、角田はいった。

「ところで、この人は、会社の方ですか？」

十津川は、例の似顔絵を角田に見せた。

角田は、ちらりと見てから、

「知りませんね。うちの会社にこういう人はいませんよ」

と、いった。

十津川は、礼をいい、亀井を促して、R食品を出た。

「あの男は、嘘をついていますよ」

と、亀井がいった。

「ああ、たぶんね」

と、頷いて、十津川は立ち止まった。

「どうしますか？」

「今、四時三十分だ」

「はい」

「五時の退社時間まで待って、社員たちに、似顔絵を見せてみよう。きっと会社の人間だと思う」

と、十津川はいった。

会社近くの喫茶店で時間を潰《つぶ》し、五時を過ぎて、R食品本社からどっと社員が出てくると、その何人かをつかまえて、似顔絵を見せた。

十津川の思ったとおり、彼等は、あっさりと、似顔絵の男が、R食品の労務管理部長の大久保《おおくぼ》だと、教えてくれた。

また、大久保がN大出身とわかったので、十津川は、捜査本部に戻ると、西本刑事と日下刑事をN大に行かせた。

帰って来た西本と日下が、報告したところによると、大久保は、N大でラグビー部に入っていて、R食品に入社してからも、自分でラグビー同好会をつくり、キャプテンをつとめているという。

十津川は、石廊崎のレストランのウエイトレスが、男が陽焼けしていたと証言したのを思い出した。

翌日、十津川と亀井は、もう一度、R食品本社を訪ねた。また、角田管理部長が応対に出た。

「この人は、おたくの労務管理部長の大久保さんですね？」

と、十津川は、もう一度、似顔絵を見せてきいた。

今度は、角田は黙っている。亀井が、その角田に向かって、

「嘘をいいなさんなよ。こちらは、確認してるんだから」

「まあ、似ているといえば、いえますが――」

角田は、あいまいないい方をした。

「じゃあ、大久保さんに会わせてもらえませんか。出来れば、ここに呼んでくれませんか」

「残念ですが、彼は辞《や》めました」

「辞めた？　どういうことですか？」

「彼は、四月三十日に退職しています」

「四月三十日？　理由は、何ですか？」

「個人的な理由のようですから、会社としては、わかりかねますね」

「自宅を教えて下さい」

と、十津川はいった。

角田は、社員名簿を取り出して、教えてくれたが、

「たぶん、そこには、もういないと思いますよ。引越したと、聞いていますから」

「R食品にとっては、都合よく辞めたものですね」

「都合よくというのは、どういうことですか？」

「大久保さんには、小島信殺しの疑いがあるからですよ」

と、十津川はいった。

「しかし、そうだとしても、辞めた人間のことには、会社として、責任は負いかねますね」

と、角田はいう。

「もし、四月三十日に、本当に辞めていればね」

と、十津川は、相手を見すえるようにしていった。

6

「あれは、嘘ですよ」

と、外に出たところで、亀井がいった。

「わかってるさ。四月三十日に辞めたなんて、都合がよすぎるからね。だが、形式上は、きちんと四月三十日に辞めたことになっているはずだ」

と、十津川はいった。

二人は、角田から教えられた世田谷区経堂《きょうどう》のマンションに行ってみた。

駅近くの高級マンションだったが、５０２号室の表札は外されていた。

管理人にきくと、昨日の五月二十八日に、急に引越して行ったという。

「昨日の何時ごろですか？」

と、十津川はきいた。

「夕方でしたよ。午後六時近かったと思います」

と、管理人はいう。

明らかに、十津川たちがＲ食品を訪ねた直後なのだ。

二人が、角田管理部長に、似顔絵を見せたことへのリアクションだろう。

「何処へ越したかわかりませんか？」

亀井がきくと、管理人は、首を横に振った。が、それでも、運送会社の名前は覚えていてくれた。

十津川と亀井は、その運送会社に廻った。

トラック五、六台という小さな会社だった。事務所を訪ね、警察手帳を見せて、大久保のことを聞いてみた。

三人いた事務所の人間は、刑事が来たことにびっくりしたらしく、一番奥にいた中年の男が、あたふたと飛び出して来た。

男は、配車係長の名刺をよこしてから、

「何か、あの引越しのことで問題が？」

「いや、大久保さんの引越し先を知りたいだけですよ」

と、十津川はわざと笑顔を見せた。

相手は、それでほっとしたらしく、引越し先の書かれた台帳を見せてくれた。

それによると、大久保の引越し先は、茨城《いばらき》県の水戸《みと》市に近い場所だった。海岸の傍らしい。地図も描いてあった。

十津川は、そこへ行ってみることにした。

「水戸へは、ひとりで行ってくる。カメさんには、東京に残って、調べてもらいたいことがあるんだよ」

と、十津川がいうと、亀井は頷いた。

「今、R食品で、何が問題になっているかということですね？」

「ああ、そうなんだ。小島は、R食品の営業部長だった。遣《や》り手のね。従って、R食品の新製品の販売で、問題が起きていたに違いないと思っている」

「全力をあげて、調べてみます。ただ、R食品は、最近、いろいろな部門に手を伸ばしていますからね。少し時間がかかるかもしれません」

「わかっている。カメさんが頼りなんだ」

と、十津川は亀井の肩を叩いた。

十津川は、彼と別れると、上野に出て、ここから特急「ひたち」に乗った。

乗ったのは、一五時〇〇分上野発の「スーパーひたち115号」で、ノン・ストップで水戸に着いたのは一六時〇五分である。

タクシーを拾い、運転手に地図を見せた。タクシーが運んでくれたのは、大洗《おおあらい》海岸の近くだった。

別荘ふうの洒落《しゃれ》た木造の建物が、点々と並んでいる。

十津川は、タクシーから降りると、一軒ずつ表札を見ていった。その中に、一軒だけ表札の出ていない家があった。他に大久保という表札がなかったから、たぶんここだろうと見当をつけて、ベルを押した。

間を置いて、ドアが開き、三十五、六の女が顔を出した。きっとした眼で、十津川を見て、

「何のご用でしょうか？」

と、切り口上できいた。

「ここは、大久保さんの家ですね？」

「いいえ。私どもは、山口《やまぐち》でございますけど」

女は、相変わらず、切り口上をやめない。

「表札が、出ていませんね」

「表札が古くなったので、取りかえるところですわ」

と、彼女はいい、奥から「山口」と書かれた新しい表札を持って来て、十津川に突きつけた。

「ご主人は、何処におられるんですか？」

「東京ですわ。ここは、別荘で、私がときどき管理に参るんです」

「ちょっと失礼」

と、十津川はいい、家の中に入って行った。

「何をなさるんですか？　不法侵入で訴えますよ！」

と、女が甲高い声をあげた。

「どうぞ。訴えて下さい」

「帰りなさい！」

「荷造りしたままの荷物が、いっぱいですね」

と、十津川は、リビングルームを覗《のぞ》き込んでいった。

「新しく、東京から送ったものですわ。夏になったら、家族が来るので、その準備をしていたんです」

「なるほど。わかりました」

と、十津川は急にあっさり頷いて、

「どうやら、家を間違えたらしい。申しわけありませんでした」

と、いい、その別荘を出た。

背後《うしろ》で、女が見つめているのを意識して、十津川は、海辺に向かって、歩いて行った。やがて、別荘が見えなくなると、砂浜に腰を下ろして、煙草に火をつけた。

次第に陽が落ちて、暗くなってくる。十津川は、ライターの火で腕時計を見て、午後七時を回ったところで立ち上がった。

ゆっくりと、別荘に向かって戻る。また立ち止まり、じっと待った。

あの家は、灯がついている。だが、賑《にぎ》やかな感じがない。

しばらくすると、海辺から人影が近づいてきた。十津川は、身体を低くして、見すえた。

大柄な男に見えた。男は、携帯電話を耳に当て、何か喋《しゃべ》りながら歩いている。

「大丈夫か？」

という声が聞こえた。

十津川は、急に立ち上がって、男の前に立ちふさがった。

相手が、立ちすくむ。

「大久保さんですね？」

と、十津川は声をかけた。

「違う！」

と、相手が大声を出す。

「じゃあ、山口さんか。あなたを、小島信殺しで逮捕する」

「逮捕状はあるのか？」

「緊急逮捕だ」

と、十津川がいったとたん、男がいきなり体当たりしてきた。ふいを食らって、十津川は、はじき飛ばされた。

男が逃げる。十津川は、拳銃を取り出すと、空に向かって、一発射った。波の音を引き裂いて、夜の海辺に銃声が響いた。

男が、一瞬、立ちすくむ。

「逃げても無駄だよ」

と、十津川は声をかけておいて、ゆっくりと近づくと、男の手に手錠をかけた。男が落とした携帯電話を十津川は、拾いあげた。

——どうしたの？　何があったの？

と、女の声が聞こえる。

「さっき伺った十津川です。申しわけないが、大久保さんを逮捕しましたよ」

と、十津川は携帯電話に向かっていった。

7

十津川は、男を大洗派出所へ連行した。派出所にいた警官に警察手帳を示して、協力を頼み、場所を借りて、訊問《じんもん》することにした。

男の顔は、似顔絵によく似ている。そして、陽焼けした顔だ。男の所持品の中に、大久保敬《たかし》の運転免許証もあった。

「五月二十二日に、君が伊豆下田で、小島信と一緒にいたことはわかっているんだ。そのあと小島は殺されて、晴海の海に沈められた。君が、殺したのか？」

と、十津川はきいた。

「私は、関係ない」

と、大久保はいった。

「じゃあ、なぜ、五月二十二日に、君は、小島と一緒にいたんだ？」

「彼が会社を無断で休んでいるんで、探しに行ったんだ。そして、すぐ、会社へ戻るように説得した。そのあと、彼がどうしたかは、私は知らん」

「君は、四月三十日付で、R食品を辞めているはずだよ。それなのに、なぜ、小島を探しに行ったり、会社へ出るように、説得したりしたのかね？」

十津川がいうと、大久保の顔に狼狽《ろうばい》の色が走った。十津川は、苦笑して、

「五月二十二日は、まだ君は、R食品の労務管理部長だった。会社は、キナ臭くなったんで、君を四月三十日に遡《さかのぼ》って、辞めたことにした。あわててやったから、当事者の君は、そのことをすっかり忘れてしまったらしいな。何しろ付け焼刃だからな」

「そんなことはない。私は辞めていても、R食品を愛していたから、たまたま、下田で彼に出会って、会社へ戻れといったんだ」

「おかしいね、R食品は、小島がちゃんと休暇をとっていたと、いってるんだよ。休暇をとって、伊豆へ来ている小島を、なぜ、会社へ戻れと、説得したりするのかね？」

「――――」

「どうも、次々にボロが出てくるねえ。君に小島をどうにかしろと命じたのは、誰なんだ？　R食品の社長かね？　それとも重役会か？」

「――――」

「今度は、黙秘か。それもいいが、今、警察に協力しないと、あとになって損になるよ。情状酌量がされなくなるからね」

と、十津川はいった。

それでも黙っているので、十津川は、派出所の電話を借りて、東京の亀井に連絡をとった。

「大久保を捕えた。明日、そちらへ連れていくよ。地裁で彼の逮捕状をもらってくれ」

「わかりました。彼は、小島信を殺したことを認めましたか？」

「いや。カメさんのほうは、何かわかったかね？」

「どうも、問題は、ダイエット食品のようです」

と、亀井はいった。

「ダイエット食品？」

「はい、飽食の時代で、食べたいが、太るのは嫌だということで、食べても太らない食品が、今、ブームだそうです」

「ああ、いくつか見たことがあるよ」

「R食品は、ダイエット食品の部門では、後発でしてね。今、必死になって、自社製品の販売促進運動をやっています」

「ダイエット食品といっても、食べれば、太るんじゃないかね？　カロリー・ゼロなんてものは、あり得ないんだから」

「そうなんです。それで、ダイエット食品は、カロリーの低いものを作る方法と、もう一つは、消化の悪い食品を作る方法の二つの方向に分かれているようで、R食品が力を入れているのは、後者のものです」

と、亀井がいう。

「具体的に、どういうことなんだ？」

「茶碗一杯のご飯を食べても、その半分しか消化、吸収しなければ、太らないわけです」

「理屈としては、そうだがね」

「今までの場合、錠剤を別に販売していまして、それを飲んでから、食事をすると、半分くらいしか、食べたものが消化されないという方法のようなんですが、R食品のものは、食物自体が半分しか消化されないようになっているということで、よく売れているんです」

「販売の指揮をとっているのは、営業部長か？」

「それと、販売部長です」

「そのダイエット食品に、何か問題が起きているのか？」

と、十津川はきいた。

「これは、あくまでも噂《うわさ》なんですが、R食品の売っているダイエット・ビスケット、パン、それにダイエット・ラーメンなどが、身体に悪いというのです」

「なるほどね」

「その食品に添加されている薬物の作用で、食べたものの半分しか消化されなくなるわけですが、そうした作用を起こす添加物に、R食品は、危険な薬物を使っているという噂です。もちろんR食品は、否定しているようです」

「そんな噂が出ているのに、なぜ、販売を中止しないのかね？」

「今が、五月だからです。そして、六月になるからです」

「五月、六月だから？」

「そうです。間もなく夏です」

と、亀井がいう。

「そうか。夏になれば、若者たちは、水着になる。そのとき、太っていては、かっこが悪いということか」

「そうなんです。そのため、五月、六月といった、夏の前に、ダイエット食品が一層売れるので、R食品は、販売を中止できないんだと思いますね」

「具体的に、R食品のダイエット食品で、どんな症状が出ているのかね？」

と、十津川はきいた。

「まだ、はっきりしませんが胃が荒れるとか、湿疹《しっしん》が出るとかといった噂はあるそうですが――」

「それぐらいなら、営業部長の小島が、殺されることはないはずだ。彼は、典型的なエリートで会社に忠誠をつくす男だからね。その小島が、たぶん内部告発しようとして、消されたんだと思う。何かあったはずなんだ」

と、十津川はいった。

「調べてみます」

と、亀井はいった。

十津川は、翌日、大久保を連れて、東京に戻った。

大久保の逮捕令状は出ていたが、四十八時間が勾留期限である。その間に自供をとるか、殺人の証拠をつかまなければならない。

捜査本部には、R食品が販売中のダイエット食品とその宣伝パンフレットも、西本刑事たちが集めてきていた。

食品は、ビスケット、クッキー、インスタント・ラーメンなどで、美しい包装に包まれている。

〈夢のダイエット食品、いくら食べても、あなたの体形は、スリムなまま。夏に備えてダイエットしましょう！〉

と、宣伝文句にあった。

「これが、売れているのかね？」

十津川が、クッキーを手に取って、亀井を見た。

「特に、若い女性の間で、人気があるそうです」

「消化を抑えるものというのは、何なんだろう？」

「それは、企業秘密だそうです」

と、北条早苗がいった。

西本が、三日前の新聞の広告を持ち出して、十津川に見せた。

全面広告で、R食品のダイエット食品が並び、それを食べて、スリムになったという若い女性の話が、ずらりと並べてあった。古典的な宣伝だが、痩《や》せたい女性には、効果があるのかもしれない。

とにかく、全面広告を見ていると、R食品が、ダイエット食品にいかに力を入れているかが、わかるような気がする。それだけに、夏が近づいている今、何が何でも、売り抜くぞという考えだろうし、よほどのことがなければ、撤退は出来ないということかもしれない。

「屍《しかばね》を乗り越えてか」

と、十津川は呟いた。

「え？」

と、亀井がきく。

「これだけ宣伝して、売っているとすると、営業部長が死んだくらいで、ダイエット食品の販売をやめられるかということじゃないかね」

と、十津川はいった。

問題は、いくつかあった。

その一つは、小島が、殺された理由である。ダイエット食品について、彼が内部告発しようとしたからだと思うのだが、彼は、正義感に燃えるようなタイプではない。むしろ、会社に忠誠をつくすタイプだと十津川は思う。それがなぜ、内部告発をする気になったのか。

もう一つは、R食品が、ダイエット食品に、何を添加しているのかということだった。簡単に有害物質とわかるものは、使わないだろう。だが、告発されると困る事態になる。だから、小島は、殺されたのではないのか。

十津川は、第二の点を、亀井たちに調べておいてくれるように頼んで、ひとりで、小島の妻、みゆきのことを調べに出かけた。

小島夫婦が、なぜ別居していたのか。それは、今度の事件と関係があるまいと思ったので、十津川は、まったく調べなかったのだが、小島が内部告発した理由に、ひょっとすると関係があるのではないかと、思ったのだ。

十津川は、まず、みゆきの両親を等々力《とどろき》に訪ねた。

十津川は、母親の良子《よしこ》に、話をきくことにした。良子は、最初、娘のみゆきも夫の小島も死んでいるので、別居の理由をあれこれ、いいたくないと、拒《こば》んでいたが、なお十津川が頼むと、

「娘は、離婚するつもりで、おりました」

と、いった。

「その理由を、知りたいんですが」

「小島さんに女が出来たんだと、いっていました。それも、今までのような、軽い浮気ではなく、本気なので別れると。子供がいないので、離婚する気になったのかもしれませんわ」

「相手の女は、どんな？」

「娘の話では、R食品の取引先の人で、二十五、六ということですけど」

「名前は、わかりませんか？」

「確か、ゆり子とかゆう子とか、いっていましたわ。その女が娘の死んだことと、何か関係があるんでしょうか？」

「それは、ちょっとわかりません」

とだけ、十津川はいった。

取引先というのは、母親の話では、どうやら、S銀行のことらしかった。

十津川は、そちらへ廻ってみることにした。S銀行東京支店に行き、支店長に会った。

「こちらに、ゆり子か、ゆう子という女性はいませんか？」

と、きくと、支店長は、行員録を取り出して、調べていたが、

「神崎《かんざき》ゆう子というのがおりますが――」

「年齢は？」

「二十五歳です」

「その神崎ゆう子さんに会いたいのですが」

「それが、今年の三月に亡くなりました」

と、支店長はいう。

「死因は、何ですか？」

「病死です。入院していたんですが、三月末に亡くなりました。私も、葬儀には、参列しました」

「彼女と、特に親しかったお友だちに、会いたいんですが」

と、十津川が頼むと、支店長は、井上《いのうえ》かおるという女子行員を紹介してくれた。

十津川は、彼女と、銀行が閉まってから、近くの喫茶店で会った。彼女は、去年の夏に、神崎ゆう子と撮った写真を持って来て、見せてくれた。

どちらかというと、大柄な女性に見える。

「この神崎ゆう子さんですが、R食品の小島部長と、関係があったということだが、聞いていませんか？」

と、十津川は写真を見ながらきいた。

「ええ。彼女、小島さんが、奥さんと別れるといっているので、その言葉を信じていると、いっていましたわ」

「小島部長のほうは、どう考えていたんですかね？」

「彼も、ゆう子を愛していたはずですわ。彼女のために、奥さんと別居したくらいですから」

「彼女は、今年の三月に、病死したんでしたね？」

「ええ」

「何の病気だったか、知っていますか？」

「心臓が弱っていたんです」

「それ、持病だったんですか？」

「違いますわ。原因は、ダイエット食です」

と、井上かおるは腹立たしげにいった。

「ダイエット食というと、ひょっとしてR食品の？」

「ええ。恋人がすすめてくれたダイエット食だといって、ずっと食べていたんです。スマートな身体なんだから、普通の食事をすればいいと、私がいっても、彼がすすめてくれるんだからといって、R食品のダイエット食品ばかり、食べていたんです。その結果、よりスリムになりましたけど、体力が弱って、心臓を悪くしてしまったんです」

「そして、病院で、死んだ?」

「ええ。身体が痩せ細って、心筋梗塞《しんきんこうそく》で亡くなったんです」

と、かおるはいった。

十津川は、少しずつ謎が解ける感じがした。

典型的な会社人間と思われた小島が、会社に反抗したのは、正義感からではなくて、個人的な恨《うら》みだったのだ。好きになった女が、死んでしまった。そのことで、小島は、腹を立て、会社に反旗をひるがえしたのだ。

しかし、だからといって、十津川は、小島を軽蔑《けいべつ》する気にはならなかった。むしろ、人間的な気がして、彼を見直したくらいだった。

今まで、十津川が知っていた小島は、大学時代は、頭のいい、学業優秀な学生で、卒業し、R食品に入ってからは、仕事第一で、出世街道を突き進んだ。四十歳で部長になり、将来の重役候補といわれていた。同窓会などで会うと、彼は自信満々だったが、面白味のない人間だと、仲間にはいわれていた。

その小島が若い女に惚《ほ》れ、彼女の死によって、突然、人間的な行動に出たのだ。

いわゆる社会正義という気持ちだったら、小島は、マスコミに訴えるなどして、R食品を告発したろう。

だが、個人的な怨恨《えんこん》だったために、小島は、マスコミには訴えず、会社と個人的にケンカをした。そのために、彼は潰《つぶ》され、殺されてしまったのだろう。

小島が愛した女の写真を、十津川は、改めて見直した。

別居していた彼の妻は、美人で、頭もよかった。彼女に比べると、写真の女は、平凡な顔立ちである。鋭い感じもない。小島は、そんな平凡さに惚れたのかもしれない。

女のほうは、どうだったのか。女が死んでしまった今となっては、想像するより仕方がないのだが、R食品のダイエット食品を食べ、スマートになりたいと願っていたところを見れば、小島に気に入られようと努力していたのであり、彼を愛していたのだと思う。

小島は、どんな形で、R食品に反旗をひるがえしたのだろうか？

会社に無断で、伊豆下田へ行ったことは、間違いない。

会社が、あわてて彼を探していたと、思われるからだ。

ただ、単に、小島が無断で会社を休んだのなら、必死で探したりしないだろう。

ここから先は、推理になってしまうのだが、小島は、おそらく、恋人の死にカッとして、会社に文句をいったのではないだろうか？

会社が販売しているダイエット食品で、恋人が死んだのかどうか、その真相を明らかにしろと、説明を求めたのではないか。

もちろん、会社側が、関連を認めるはずがない。それに、今までの小島のことを考えれば、本気で、会社に反旗をひるがえすとは、思っていなかったろう。甘く見ていたのだろう。

業《ごう》を煮やした小島は五月になって、会社側に、最後通告を突きつけて、姿を消したに違いない。

それがどんなものだったかも、想像するより仕方がないのだが、たぶんR食品のダイエット食品で、人が死んだことを認めよとか、販売をやめよといった要求だったのだと思う。

認めるのなら、それを形で示せとも、要求したに違いない。期限を切り、その間、小島は、下田に姿を隠したのだ。

R食品にしてみれば、そんな小島の要求を吞《の》めるわけがない。ダイエット食品から、撤退しなければならないからだ。

だから、必死になって小島を探し、別居中の小島の妻にまで、きいて廻ったのだ。

そうした内部事情を知らなかった十津川は、彼女に、小島が下田蓮台寺にいることを教えてしまった。

R食品では、彼女からそのことを知り、早速、労務管理部長の大久保を行かせたのだろう。

大久保が、一人で、下田に行ったとは思えない。何人かの社員を使って、小島を探し出し、大久保が説得しようとしたのだろう。

そして、説得が出来なくて、殺したのだ。

こう考えてくると、十津川は、小島の死に、責任を感じざるを得なかった。いや、小島の死についてだけではなく、彼の別居中の妻の死にもである。

十津川が、小島の手紙のことを、彼女に話さなければ、彼も彼女も、殺されずにすんだのにと思う。

十津川は、小島の手紙の文面におかしい箇所があるのに、初めから気付いていた。今となってみれば、あれは、小島の万一に備えてのSOSみたいなものだったとわかる。それなのに、十津川は、手紙のことを喋ってしまった。

嫌でも、自責の念が十津川を捉《とら》えて、放さない。

捜査本部に戻っても、それは続いた。亀井が心配して、

「手紙の件は、こう考えたらどうでしょうか。確かに、小島さんは、わざと不審な点を手紙に入れておきました。しかし、よく見ると、それは指摘されたとき、何とか言い訳が出来るんです。例えば、桜のことについても、勘違いだったですむことです」

「カメさんは、何がいいたいんだ？」

「小島さんは、徹底的に会社と戦う気ではなかったんだと思いますね。会社が、自分の要求を入れてくれれば、自分のほうも、折れる気だった。そのときに、手紙のことで、あれこれいわれると困るので、どうにでも、言い訳ができるようにしておいたんじゃないですか。全体としても、会社を批判することは、一行も、書いてありません。ただの旅行の挨拶です。つまり、万一のときは、警部に調べてほしいが、万一じゃない場合は保身を考えたい。こういうと、死者に鞭打《むちう》つことになりますが、ずるいことを考えたんじゃありませんか？　したがって、警部が、手紙のことを小島さんの奥さんに話しても、仕方がないと思います。小島さんのずるさが、引き起こしたんだと、私は思いますよ」

と、亀井はいった。

「なぐさめてくれるのは有難いが、やはり私の責任だよ」

と、十津川はいった。

8

大久保は、いぜんとして、黙秘を続けている。四十八時間すれば、釈放されると知っているからだし、R食品の顧問弁護士が、不当逮捕を訴えて来ていた。

R食品の販売しているダイエット食品の分析結果もなかなか出てこないし、動物実験も、結果が出るまでに、時間がかかりそうだった。

一番いいのは、小島のような内部告発者が出てくることだが、今のところ、新しい内部告発者は、期待できそうもなかった。

捜査本部長の三上も、R食品を犯人扱いすることには、反対するようになった。

「R食品のダイエット食品は、毎日、売られているんだろう。もし、有害物質が含まれているとすれば、ばたばた死人が出ているんじゃないかね」

と、三上部長は十津川にいった。

「向こうの顧問弁護士が、そういって来たんですか？」

「そうだ。それに反論できるかね？」

「神崎ゆう子という女性が、死んでいます。R食品のダイエット食品を、食べ続けてです」

「しかし、間違いなく、それが死因だとは、証明出来ないんだろう？」

「残念ですが、出来ません」

「それじゃあ、話にならんじゃないか」

と、三上はいった。

十津川にとって、上司に弱気になられるのは、辛《つら》い。

むっとして戻ると、西本から電話が入った。

「車が見つかりました！」

と、西本は大声でいった。

「何処で、見つかったんだ？」

「やはり、晴海です。今、海中から引き揚げたところです」

「小島の借りたレンタ・カーに間違いないのか？」

と、十津川は念を押した。

「静岡ナンバーで、手配されていた車に間違いありません」

「すぐ、そちらへ行く」

と、十津川はいった。

十津川は、亀井と二人、パトカーで晴海に急いだ。

やはり、小島は、レンタ・カーで、下田から東京に戻っていたのだ。

犯人は、車ごと、小島を東京湾に沈めたのかもしれない。まだ、少し意識のあった小島は、必死になって、車から脱出したが、そこで息絶え、海中に沈んでしまったのではないか。

パトカーで現場に向かいながら、十津川は、そんなことを考えていた。

晴海埠頭に着くと、待ち受けていた西本と日下が、引き揚げた車のところへ、連れて行った。

レンタ・カーの白い車体は、長い間、汚れた海水に浸っていたために、泥が付着し、車輪には、海草や釣り糸などが、からみついていた。

「助手席のドアは、半開きになっていて、運転席のペダルのところに、皮靴の片方が、引っかかっていたそうです」

と、西本がいい、その靴を見せた。

「小島の靴かな？」

「サイズは、合っています」

と、日下がいう。

やはり、小島は、車ごと沈められたらしい。

十津川と亀井は、慎重に車内を調べた。壁にぶつかった捜査を進展させる何かが、車内から見つかるかもしれないからだ。

車内は、海水でべたつき、異様な臭いを発していた。

二人は、懐中電灯の明かりも借りて、特に運転席の周辺を入念に調べた。

運転席の床に敷かれている合成ゴム製のマットも、引き剝《は》がしてみた。

何か光るものが、眼に入った。何かのキーらしい。

「やっぱり、あったな」

と、十津川は、満足そうに呟いて、拾いあげた。

「コインロッカーのカギみたいですね」

と、亀井がのぞき込んできた。

「ああ。たぶん下田の駅のコインロッカーだと思うよ。彼は、下田蓮台寺の旅館に着いてから、外出していたからね」

と、十津川はいった。

すぐ、伊豆急下田駅に電話をかけた。見つかったキーについているナンバーをいうと、相手は、

「そのナンバーのコインロッカーは、時間が過ぎたので、こちらで開け、中にあったものは、保管しています」

「何が入っていたんですか？」

「革製のメンズバッグです」

「すぐ、そちらへ行きますので、そのまま保管しておいて下さい」

と、十津川はいい、亀井と東京駅に向かった。

一三時〇〇分発の特急「踊り子111号」に乗って、伊豆急下田に向かった。

「そのキーが見つかったとき、警部は、やっぱりあったなと、いわれましたね。見つかることを、予期されていたんですか？」

と、亀井がきいた。

「見つかるかどうかは、わからなかったが、何かあるはずだとは、思っていたんだ。小島は、万一に備えて、私に手紙を送った。だが、あの手紙だけじゃあ、どうにもならないことは、彼にだって、よくわかっていたはずだからね。何か、R食品を叩けるものを、用意していたんじゃないか。用心深い彼の性格から考えてもね」

と、十津川はいった。

一五時五〇分、伊豆急下田駅に着くと、十津川と亀井は、助役と会い、問題のメンズバッグを見せてもらった。

中に入っていたのは、マイクロテープが一本だけだった。

亀井が、近くの電気店で、テープレコーダーを借りて来て、そのマイクロテープをかけてみた。


ざわついた音、ページをめくる音などが、聞こえてから、男の声で、

「これから、五月一日の販売促進会議を開きます。ご存じのように、ダイエット食品にとって、夏が近づく五月、六月が販売戦略の要《かなめ》であります。他社も、当然、全力をあげてくる。われわれは、あらゆる手段を使って、シェアを拡大しなければなりません。販売部長と営業部長は、第一線に立って、戦ってもらいたい」

「ちょっと待って下さい」

と、小島の声がいった。

「何か、提案かね？　営業部長」

「いや、前に、私が質問したことへの会社としての返事をもらっていません。ちゃんとした答えを頂いて、すっきりした気持ちにならないと、販売に全力をあげられません」

「確か、神崎ゆう子という女性の件だったね？」

「そうです」

「われわれも、君の質問だから、十分に調査した。しかし、わが社のスイート・クッキーが原因で、死亡したという結論は出てないんだ。もともと、彼女は心臓が弱く、ストレスなどが重なって、心筋梗塞を起こしたと、医者もいっている」

「それは嘘です。私は、全国各ブロックの営業担当に、電話で問い合わせました。北海道地区、北陸地区、それに四国地区で、神崎ゆう子と同じ症状の死亡者が出たと、いってきました。いずれも、二十歳前後の若い女性で、スイート・クッキーを食べていたのです」

「小島君。北海道地区でも、北陸、四国地区でも、そんな例は出ていないんだ。どのブロックでも、スマートになれたという礼状が、寄せられているんだよ。君も、そういっていたじゃないか」

「礼状のほとんどが、サクラだということは、知っています。いや、ここにいる全員が、知っているじゃありませんか」

「小島君、君は、いつから聖人君子になったんだ。われわれは、ボランティアで、ダイエット食品を売ってるんじゃない。商売でやってるんだ。甘っちょろい気持ちじゃ、販売合戦に勝てないよ。いいかね、他の者も、肝に銘じて欲しい。わが社のダイエット食品で、死亡した人間が出たら、これは、ライバル会社の中傷だと主張する。役人や医者の口は、札束で塞《ふさ》げばいい。いかなる手段を使っても、現在の十八・二パーセントのシェアを、この五、六月で、最低三十パーセントまで拡大するんだ」

「せめて、神崎ゆう子だけにでも、会社として、補償金を払ってもらえませんか」

と、小島の声。

「バカなことをいいなさんな。そんなことをしたことが洩《も》れたら、どうなると思うのかね？　全国から、補償金を出せという要求が、殺到するじゃないか。君は、会社を潰《つぶ》す気なのか」

「とんでもない。会社は、私の命です」

「それなら、何をすべきか、わかってるだろう。どんな手段を使ってでも、ダイエット食品を、売りまくるんだ」

このあとも、販売促進会議が、続いている。

議長役の声は、興奮して、死人が出たくらいのことでびくびくするなと、ハッパをかけている。

「小島が、ひそかに、テープレコーダーを持ち込んで、録音したものだろう」

と、十津川はいった。

「なぜ、これを、警察に、提出してくれなかったんですかねえ。そうしていれば、小島さんも、殺されずにすんだのに」

と、亀井がいう。

十津川は、小さく肩をすくめて、

「テープの中で、小島が、いってるじゃないか。会社は、自分の命だって。彼は、恋人の死に腹を立てていたが、同時に、会社は大事だったんだよ。恋人以外の女性が、R食品のダイエット食品を食べ続けて死んでいても、小島は平気だったんだ。その中途半端さが、命取りになったともいえるんじゃないかな」

と、いった。

9

十津川と亀井は、まっすぐ東京に戻ると、逮捕している大久保に、持ち帰ったテープを聞かせた。

まず、テープを最後まで聞かせたあと、大久保自身が発言している箇所を流した。

「この販売促進月間について、労務管理部長から話があるので、聞いて下さい」

と、議長が発言し、続いて大久保が喋る。

「小島営業部長の話を聞いていて、私は、情けなくなりました。小島君は、販売が生きるか死ぬかの戦いだということを忘れている。戦いは、きれいごとでは勝てません。いかなる手段を使っても、勝たなければならないのです。勝つためには、嘘も、欺《だま》しも、すべて許されるのです。いや、これは、正確じゃない。嘘を真実と信じ、欺しを愛と信じることが、必要なのです。わが社のスイート・クッキーは、最上のダイエット食品だと、かたく信じることが必要なのです。したがって、それを客にすすめることは、こちらの愛情なのです。それなのに、最近、変に弱気になっている社員がいる。死者が一人や二人出たからといって、自社の食品に疑問を持つのは、私にいわせれば、社員とはいえない。そういう人間は、取り除くべきです。弱気は、伝染しますからね」

「大した元気だな」

と、十津川は大久保に向かっていった。

「会社の幹部なら、当然の考え方だ。あなただって、同じじゃないのかね？」

大久保は、逆にきき返してきた。

「自分の会社が作ったもので、死者が何人も出たら、私は、自分の会社を告発するよ」

と、十津川はいった。

大久保は、顔をしかめて、

「そんなのは、きれいごとだ」

「君は、きれいごとはいえず、命令されるままに、小島を殺したのか？」

「証拠があるのか？」

「君は、石廊崎で、小島と一緒だった。そのとき小島は、レストランのウエイトレスに、君が、自分を殺す気だと、いっている」

「そんなのは、状況証拠だ」

「そうだな。ところで、これからR食品に行って、幹部たちにこのテープを聞かせてやろうと思っている。マスコミにも流すつもりだ」

「――」

「当然、テープの出所を、両方から聞かれるだろう。そのときには、君が提出したと、いうつもりだ」

「何だと？」

　大久保が、顔色を変えた。

「君が、自分の罪を逃れるために、このテープを進んで警察に提供したんだ」

「嘘をつくな！」

　と、大久保が叫んだ。

「会議に出席している人間しか、録音は出来ないんだよ。君の可能性は、十分にあるわけだ。R食品の幹部は、君がひそかに録音し、自分を助けるために、警察に提出したと、思うだろうね」

「これは、小島が録音したんだ」

「彼は、もう、死んでるよ。死人に、会社は注意なんか払わんさ。会社が気にするのは、生きていて、反抗的な社員だよ。きっと、幹部たちは、君が会社を売ったと思うだろう。そして、小島や彼の奥さんを殺したのは、君が勝手にやったことだと主張するだろうね。そうか、君は、四月三十日付で、退社しているんだから、馘《くび》になることはないわけか」

十津川は、からかい気味にいった。

大久保は、顔を朱《あか》くした。

「私は、会社を裏切ったことは、一度もないんだ」

「四月三十日に辞めたというのは、やはり、嘘だったんだな。五月一日の販売促進会議に、労務管理部長として、出席しているんだから、それだけでも馬脚を現わしている」

と、十津川は笑った。

「――」

「明日になったら、このテープを、R食品に持って行って、重役連中に聞いてもらうことにする。君から、提供されたものだといってね」

「やめてくれ！」

と、大久保が叫んだ。

「いいじゃないか。このテープによって、君は、R食品のインチキ食品を内部告発したんだ。マスコミに賞賛され、裁判でも情状酌量されるよ」

「駄目だ！」

「何が駄目なんだ？」

「私は、小島を殺した。それを認めるから、そのテープを、私が提供したなんて、いわないでくれ」

大久保は、必死の形相《ぎょうそう》でいった。

「別居中の小島の奥さんも、殺したんだろう?」

「ああ、私が、やった。それで、いいんだろう」

「動機は、何だ?」

「女のことだ。銀座のクラブの女のことで、小島とケンカをした。そのとき小島は、私を馬鹿にした。だから、殺して、海に車ごと沈めてやったんだ」

「おかしいじゃないか。それで小島を殺した動機はわかるが、彼の奥さんまで、なぜ、殺したのかね?」

と、十津川はからかい気味にきいた。

「奥さんに会ったとき、主人を殺したのは、あんたでしょうと、いわれたんだ。だから、殺した。これで、いいだろう?」

「彼女はね、R食品が、必死になって、小島を探していたことを知っているんだよ。R食品としては、そのことを彼女に喋られると困るんだ。だから、殺したんだ。そうなんだろうが?」

と、十津川はいった。

「小島夫婦は、疲れたような顔で、

「小島夫婦は、私が殺した。それで、いいだろう。事件は解決だから、いいじゃないか」

と、いった。

大久保は、それきり黙ってしまった。

十津川は、いったん訊問をやめ、テープを持って、三上本部長に報告に行った。

「大久保は、小島殺しを認めました。彼の妻を殺したこともです」

と、十津川がいうと、三上は、ほっとした顔で、

「それじゃあ、事件は、解決だな」

「いえ。解決しません」

「なぜだね？」

「動機が、嘘です。個人的な怨恨《えんこん》から殺したといっていますが、明らかに違います。会社の命令で、大久保は、小島夫婦を殺したんです。このテープで、それがわかります」

と、十津川はいい、三上にテープを聞かせた。三上は、聞き終わったあと、

「確かに面白いテープだが、大久保は、会社の指示だったとは、認めんのだろう？」

「そうです。この期《ご》に及んでも、会社に忠誠をつくす気です。そうすれば、会社は自分を助けてくれると、信じているんですよ。いや、信じたがっているんです」

「どんなふうに、助けてくれるんだろう？」

「家族の面倒をみてくれるし、大弁護団をつけてくれると、思っているんじゃありませんか。それに、出所したら、会社が恩に感じて、重用してくれるのではないかと」

「会社人間か」

「悲しい習性です」

「しかし、その習性を崩すことが出来るのかね？」

と、三上がきいた。

「やらなければならないんです。事件の本質を、明らかにしたいのです」

「どうやってだ？」

「大久保の忠誠心というやつを、ばらばらに打ち砕いてやります」

と、十津川はいった。

十津川は、亀井と、R食品本社を訪ね、副社長に会い、テープを聞かせた。

「大久保が、犯行を認めたあと、このテープを提供してくれましてね。これを聞けば、会社の指示で、小島を殺したことが、わかるといいました」

「とんでもない。そんな指示を、会社を辞めた人間に出すはずがないでしょう」

と、副社長は声を荒らげた。

「しかし、このテープは、R食品が、ダイエット食品の販売について、犠牲者が出ているのを知りながら、嘘をついていることを、示していますよ。そのことで、小島が、内部告発に近いことをやろうとした。会社は、あわてて、大久保を下田にやり、小島の口封じを行なった」

「それは、ひどい、でっち上げですよ」

「しかし、大久保は、小島の口を封じた功労者だから、全力をあげて、弁護するんでしょう？　違いますか？」

「そんなことはしませんよ。大久保は、すでに、R食品を辞めた人間なんです。その男を、どうしてうちが弁護しなければ、いかんのですか？」

と、副社長はいった。

「そうですか。では、R食品が、一人でも弁護士を傭《やと》って、大久保につけたら、今度の殺人は会社ぐるみだと、考えますよ」

と、十津川は脅すように念を押した。

それが、効いたのか、R食品が大久保に弁護士をつける気配はなかった。

留置場で、大久保は孤立した。彼は十津川に、電話をかけさせてくれと懇願した。

十津川は、わざと許すと、彼は、R食品の顧問弁護士や同僚、上司にかけまくった。

だが、十津川の脅しが効いていて、誰も相手にせず、電話を切った。

大久保の表情は、どんどん暗くなり、考え込んでいく。

（いつまで、もつかな？）

と、十津川は冷静に彼を観察した。

会社は、彼を見捨てた。それを覚《さと》ったとき、会社人間の大久保は、どういう態度に出るだろうか？

翌日も、大久保は、電話をかけさせてくれといい、失望し、一層、顔色が悪くなった。

三日目に、突然、大久保は泣き出した。母親か父親かはわからないが、親を見失った子供のようにである。

あとは、簡単だった。

大久保は、重役たちの指示で、小島を探し出し、レンタ・カーごと東京に連れ帰って、車ごと晴海の海に突き落として殺した。小島の妻を殺したのも、命令されてだと、自供した。

その自供を待って、十津川は、記者会見を開いた。

三上本部長が、事件が解決したと話したあと、

「今度の事件の根は、ここにあります」

と、いって、例のテープを記者たちに聞かせた。

恐怖の海

東尋坊《とうじんぼう》

1

日下刑事は、帰宅すると、留守番電話を聞くのを、楽しみにしていた。若いし、人脈の少い日下だから、最初の頃はほとんどメッセージが入っていなかったのだが、最近は、日下が留守番電話にしているとわかってきて、メッセージが多くなった。

特に、正月の三ヶ日は、多かった。日下は、二日、三日と、故郷に帰っていたのだが、帰ってみると、友人から、正月のあいさつが入っていて、楽しかった。年賀状代りに、メッセージを入れておく友人が多かったのだ。

正月も、十五日を過ぎると、それも少くなって、留守番電話は何もいわなくなった。

一月二十日も、帰宅すると、あまり期待せずにボタンを押した。

そのまま、着がえをしていると、

〈日下さん〉

という若い女の呼びかけが、聞こえた。

日下は、おや？　という顔で、電話に眼をやった。

〈私、野村《のむら》ひろみです。覚えていますか？　大学で一緒に演劇サークルにいた野村ひろみです。今、北陸の永平寺《えいへいじ》に来ています。明日、東尋坊《とうじんぼう》へ行くんですが、東尋坊で私を殺すといっている人がいます。怖いんです。きっと、私は殺されます。でも行かなければなりません。お願いです。こちらへ来て、私を守って下さい。お願い。私を助けて下さい――〉

野村ひろみなら、よく覚えていた。大学に同好の集りの演劇サークルがあって、彼女は、そこのマドンナだった。日下は、彼女と一緒にいたくて、その演劇サークルで大道具の係をやったことがある。

去年の同窓会で、久しぶりに会って、日下は名刺を渡している。それで、電話して来たのか。

あの時、ひろみは、A自動車の専務秘書をしているといい、颯爽《さっそう》としていたのだ。

日下は、あわてて、机の引出しを探し、彼女に貰《もら》った名刺を見つけ出してきて、それを見ながら、もう一度、留守番電話に吹き込まれた彼女の声を聞いた。

同窓会で会った時の自信にあふれた調子は、どこにもなかった。別人のように、頼りなげで、怯《おび》えている。

殺されるというのは、ただごとではない。だが、いきなり、明日、助けに来てくれといわれても、刑事の日下には、動きがとれなかった。三日前に起きた殺人事件が、まだ解決されずに、尾を引いているのである。

日下は、気になりながらも、翌日もその事件の捜査に追われた。

夜おそく帰宅すると、まず、テレビのニュースを見た。

東尋坊で、若い女が殺されたというニュースが出るかも知れないと思ったからだが、何もなかった。十一時のニュースが報じたのは、相変らずのゼネコン疑惑と、食中毒だった。

留守番電話にも、何も入っていない。日下は、ほっとした。ひろみは、何かに怯えて日下に電話したのだが、それは杞憂《きゆう》に終ったらしい。

翌二十二日も、日下は同じ世田谷区太子堂で起きた殺人事件に追われていた。会社社長が殺されたのだが、家族関係が複雑で、犯人の特定が難しいのだ。

この日は、午後九時過ぎに帰宅し、いつものように、留守番電話のボタンを押しておいて、着がえをする。

〈日下さん〉

と、ひろみの声が、聞こえた。日下は、着がえの手を止めた。

〈日下さん。なぜ、来てくれなかったの？　あなたしか頼む人がいなかったから、助けて下さいと、お願いしたのに。おかげで、私は殺されました。恨みます――〉

日下の背筋に、冷たいものが走った。もちろん、殺されました――というのは、嘘《うそ》だろう。日下が、東尋坊に行かなかったのを怒って、そんない方をしたのだと、思った。が、それでも、一瞬、日下の胸を戦慄《せんりつ》が走ったのだ。

日下は、行かれなかったことを電話で謝ろうと思ったが、彼女に貰った名刺には、自宅の電話番号が刷っていなかった。

翌日、出勤すると、捜査の合間に、A自動車に電話をしてみた。

青木《あおき》という専務が、電話に出てくれて、

「野村君は、二十日から欠勤しております。無断欠勤なので、心配して、自宅に電話しているんですが、誰も出ません」

と、いった。

「彼女、最近、何かに悩んでいたということはありませんか？」

と、日下は、きいた。

「さあ、いつも通り、テキパキ仕事をしてくれていましたがねえ」

と、青木は、いう。日下は、ひろみの自宅の住所と電話番号を聞いて、電話を切った。

太子堂の社長殺しは、相変らず、解決のきざしが見えない。

殺された脇田肇《わきたはじめ》は、五十二歳。銀座に宝石店を出している、かなりの資産家だ。一月十七日の夜、太子堂の自宅近くの小さな公園で、パジャマの上からナイトガウンを羽織った恰好《かっこう》で、殺されていた。背中と胸を刺されて、血を流しながらの死だった。

寝室を別にしている妻の洋子《ようこ》は、脇田が外に出て行ったのを知らなかったといい、別棟に住む娘夫婦も、気がつかなかったと証言している。財産争いが動機と十津川警部たちは見ていたが、脇田は女性関係が派手で、それが捜査を難しくしていた。

二十三日も、疲れて、夜おそく帰宅した。

留守番電話を聞くのが怖かった。が、手を伸ばして再生ボタンを押した。聞かないのも怖いのだ。

〈日下さん〉

と、また、ひろみの声が流れた。

〈私を助けてくれなかったんだから、せめて、私の死体を早く見つけて！ このままでは、浮ばれない。苦しいわ。このまま、誰にも、死んだのを知って貰えないのは――〉

ひろみの声は、低くよどんで、呻《うめ》くように聞こえる。

日下の理性は、ひろみがまだ生きていて、留守番電話を使い、恨みつらみをいっているのだと思うのだが、彼の感情は、怯えて、居ても立ってもいられなくなった。

日下は、中古の自家用車を駆って、ひろみのマンションに向った。彼の車は、ヒーターの利きが悪いので、一月の夜の寒さがこたえるのだが、今夜はその寒さを忘れていた。

彼女の自宅マンションは、国立《くにたち》駅の近くだった。新築の豪華マンションである。まず、そのことに驚かされた。

管理人室のボタンを押し、入口の重いガラスドアを開けて貰った。

管理人は、眠たげな顔で、

「三階の野村さんは、お留守の筈《はず》ですよ」

と、いう。

「それは、知ってるんだ。ただ、念のために、部屋を見てみたい」

と、日下は、いった。

日下が、刑事だということで、管理人も、渋々だが、三階へ案内してくれた。

三階の角部屋だった。

彫刻をほどこされた木製のドアに、「野村」と書かれた表札が、取りつけてある。

日下は、それを見上げてから、

「なんだ? これは」

と、大きな声を出した。

表札の傍に、「忌中」と書かれた白黒の札が、貼《は》りつけてあったからである。

管理人も、眉《まゆ》を寄せて、

「誰が、こんないたずらを——」

と、絶句している。

「いつから、これが貼ってあるか、わからないか?」

「わかりませんよ。わかっていれば、剝《は》がしています」

と、管理人はいい、背伸びして剝がそうとするのを、日下は止めた。

「部屋の中を見たいんだが」

「それは出来ません。このマンションは、安全が売り物です。それなのに、留守の間に勝手に入ったりしたら、その安全に疑問が出てしまいます。第一、私はマスターキーを持っていません」

「しかし、万一に備えて、各室のスペアキーは預っているんだろう?」

「それは、留守にする方は、預けていかれる人もいますが」

「じゃあ、開けてくれ。ひょっとすると、彼女はこの中で、死んでいるかも知れないんだ」

「本当ですか？」

「ああ、会社も無断で休んでいるし、死んだという話も聞いているんだ」

と、日下は、管理人を睨《にら》むようにして、いった。

その気勢に押されたのか、それとも忌中の貼り紙に怯えたのか、管理人は、野村ひろみに預ったというスペアキーを持って来て、ドアを開けてくれた。

部屋全体が暗く、冷え切っている。日下は明りをつけ、暖房のスイッチを入れた。音を立てて、暖気が吹き出してくる。日下は、広いリビングルームを、見廻した。

2LDKということで、二十四畳ほどのリビングルームの他に、和室と、洋室がある。洋室にはダブルベッドが置かれ、彼女は寝室に使っているようだった。

バスルームものぞいてみたが、誰の死体も見つからなかった。

洋ダンスを開けてみると、毛皮のコートなどに混って、男物のナイトガウンが見つかった。

二十八歳の女性だから、男の影があっても不思議はないのだが、日下は、何か裏切られたような気がした。

（恋人がいるのなら、何も、おれに助けを求めずに、その男に助けを求めればいいのに）

と、思ったからだった。

「この部屋は、いくらぐらいするの？」

と、日下は、きいてみた。

「ここは、月三十五万円だったと思いますよ」

「彼女は、いつから、ここに住んでるんだ？」

「確か、一年半ほど前ですよ、ええ。部屋代は、きちんと払って頂いています」

「男が、時々、来ていたと思うんだが、見たことがあるかね？」

「さあ、見たことがありませんね。ここは、別に管理人を通さなくても、各部屋の住人と対話が出来ますし、入口は開くようになっていますから。個人のプライバシイが守られるのが、このマンションの売り物なんですよ」

と、管理人は、いった。

2

次の日も、帰宅して、留守番電話を聞くと、彼女の声が吹き込まれていた。

〈日下さん、なぜ、私を見つけてくれないの？　このままでは、死に切れない。悔しい。本当に悔しい。助けて。助けて下さい！〉

翌日、日下は、亀井刑事から、

「どうしたんだ？」

と、きかれた。

「別に、どうもしませんよ」

「いや、顔色が悪いぞ。どこか身体が悪いんじゃないか？　医者に診《み》て貰ったら、どうなんだ？」

「大丈夫ですよ。どこも、悪くありませんよ」

と、日下と亀井がいい合っていると、十津川が心配して、質問してきた。

「何でもありません」

と、日下はいったが、十津川は、「ちょっと来い」と、部屋の隅に連れて行って、

「ここ二、三日、カメさんと、心配していたんだ。身体が悪くないんなら、精神的なものか？　いつもの君らしくないんで、心配なんだよ」

「今度の事件がもつれているんで、そのせいだと思います」

と、日下は、いった。しかし十津川は、

「違うな。いつもの君なら、もつれた事件ほど、面白がって、突き進んでいくじゃないか。それに、昨日は、今度の事件に関係のない北陸の地図を見ていた」

「申しわけありません」

「捜査は、共同作業なんだ。一人だけ他所見《よそみ》されては困るんだよ」

「すいません」

「二日、休みを取って、君の問題を解決して来たまえ」

「そんなことは、出来ません」

「日下君。私やカメさんが、君のことを心配して、こんなことをいうんだと、自惚《うぬぼ》れちゃ困る。私は、君のことより、他の刑事たちのことが心配なんだ。今もいったように、捜査に熱の入らない刑事が一人いると、全体の士気に影響してくるんだよ。そん

な刑事が、捜査に加わっていることが、困るんだ」

十津川は、冷静な調子で、いった。こんな時の十津川は、冷たく、怖い。

日下が黙ってしまうと、十津川は、休暇願の用紙を、持って来させて、

「明日から二日間、休みを取りたまえ。君のためじゃなく、他の人間のためだ」

と、厳しい声で、いった。

日下は、二十六、二十七日の二日間の休暇願を出した。

この日も、帰宅すると、ひろみの声が留守番電話に入っていた。


〈日下さん。お願い。早く私を見つけて！〉


それだけだった。

翌二十六日。日下は、羽田から、小松行の第一便に乗った。彼女を探すとなると、東尋坊しか、思い浮ばなかったのだ。

吹雪の北陸を覚悟していたのだが、小松空港は、晴れて、穏やかな空模様だった。

それでも、海を渡ってくる風は、冷たく、強い。

日下は、タクシーを拾って、東尋坊に向った。

道路の両側には、点々と雪が積っている。それが眩《まぶ》しく、日下は車の中でサングラスをかけた。

日下は、東尋坊のことはテレビなどで知っていたが、自分の眼で見るのは初めてだった。

切り立った断崖《だんがい》と、人気《ひとけ》のない大地というのが、日下の持っている東尋坊のイメージだったが、実際に来てみると、全く違っていた。

展望台をかねた大きなレストランがあり、断崖近くの坂道には、江の島のように、両側に土産物店が並んでいる。海が荒れている今日は、遊覧船は出ていないが、海が穏やかな頃は、遊覧船がひっきりなしに出ているのだという。

自殺の名所と呼ばれるのが信じられない賑《にぎ》やかさだった。

いか焼きや、とうもろこし焼きの店で、客を呼ぶ声がかしましい。

しかし、その賑やかな一角を外れると、ひっそりと静かだった。

絵ハガキなどで知られた景色のところだけが、賑やかなのだ。それを外れると、風と波の音だけしか、聞こえて来ない。

遊覧船は運航を止めているが、小さな漁船が、波しぶきをあげながら、二隻、三隻と、沖に向って出て行くのが見える。

いくら海を見つめていても、ひろみが見つかるわけではなかった。海風を受けていると、身体の芯まで冷え切ってしまった。日下は、展望台レストランに戻り、ラーメンを注文した。

(ひろみは、ここへ本当に、来たのだろうか？　そして、ここで、何があったのだろうか？)

そんなことを考えながら、日下は、ラーメンを食べた。

窓ガラスの向うの水平線が、少し暗くなってきた。あの暗い雲が広がってきて、雨でも降り出すのだろうか？

北陸の天気は変りやすい、といわれている。

ラーメンを食べおわり、煙草に火をつける頃になると、急に粉雪が舞い始めた。陽が射しているので、粉雪がきらきら光って見える。

突然、外が騒がしくなった。このレストランの主人も、飛び出して行った。

日下は、伝票を持って立ち上り、料金を払いながら、レジの女の子に、

「何があったの？」

と、きいてみた。

「何だか、水死体が見つかったみたい」

と、彼女は、興味のない声で、いった。

「水死体?」

「きっと、飛び込んだのが、見つかったんじゃないの」

(自殺か)

と、思いながら、日下は外に出た。

断崖の下の船着場に漁船が着いて、毛布に包まれた人間の身体らしいものを、しきりに揚げようとしている。

波が荒く、漁船が激しく上下するので、なかなか作業が進まない。そのうちにパトカーが着いたらしく、制服の警官が二人、駈けて来て、船着場へ降りて行った。

やっと、毛布に包まれたものが、漁船から、船着場に持ち揚げられ、それを今度は二、三人で担いで、断崖の上に運ばれてきた。

「どいて、どいて!」

と、警官が、集って来た野次馬をかきわける。

日下は、彼等のあとに追いて行った。

パトカーと、小型トラックが並んでとまっていて、二人の警官は、毛布に包まれたものをトラックにのせた。

日下は、警官の一人に、警察手帳を見せて、

「水死体ですか？」

と、きいた。

警官は、本庁の刑事が突然現われたので、びっくりした顔になり、

「漁師が沖で、女の水死体を見つけて、運んで来たんですが」

「ひょっとすると、私の知り合いかも知れないのです」

「じゃあ、一緒に来て下さい」

と、警官は、いった。

日下は、パトカーに同乗させて貰って、福井警察署に向った。

そこに着いてから、日下は初めて、毛布に包まれた女の水死体と対面した。

長い間、海水に浸《つか》っていたらしく、頭も身体もふくれあがり、顔は崩れかかっていた。

眼の下に横たわっているのが、野村ひろみなのかどうか、日下には判断がつかなかった。

靴はもちろん脱げてしまっているし、服も脱げかかり、辛うじて腰のあたりに巻きついている。

「どうですか？　知り合いの方ですか？」

と、県警の刑事にきかれても、とっさに日下には、答えられなかった。

「似ているような気もしますが、わかりません」

と、日下は、いった。

「そうでしょうね。ひどい状態ですからね」

と、相手も、同情するようにいった。

日下は、指紋をとって貰い、それで、判断することにした。死体は、解剖のために、大学病院に運ばれて行った。

日下は、県警がとってくれた指紋を持って、いったん、帰京することにした。

3

羽田に着くと、その足で、日下は、国立のひろみのマンションに直行し、管理人に協力して貰って、彼女の指紋がついていると思われる口紅と、ブラシを借りた。それを持って、今度は警視庁に行き、指紋の照合を依頼した。

日下は、その結果を、じっと待った。

同一人という結果が出た。

自宅マンションに、日下が帰ったのは、午前二時近かった。

ひどく疲れて、反射的に、留守番電話のボタンを押し、服のまま、ベッドに横になった。眠りかけた日下の耳に、吹き込まれていた声が聞こえた。


〈日下さん。発見してくれて、ありがとう〉


その声で、日下は、ベッドに起き上ってしまった。

バスルームに行き、眠気ざましに、顔を洗う。

東尋坊沖で、漁船が、若い女の水死体を発見したことは、午後のテレビニュースが伝えたろうし、夕刊にも、のっていたに違いない。

だが、日下が、今日、東尋坊に行ったことを、どうやって知ったのだろうか？　それとも、当てずっぽうなのか。

日下は、郵便受に入っていた夕刊を持って来て、広げてみた。やはり、のっていた。

〈東尋坊沖で、若い女の水死体発見。自殺者か〉

と、新聞に、大きくのっている。

日下は、遅かったが、福井署に電話をかけ、向うで世話になった、三浦《みうら》という刑事を呼んで貰った。

三浦は、電話口に出ると、

「指紋の照合の結果はどうでした?」

と、きいた。

「野村ひろみの指紋と一致しました」

と、日下はいい、彼女について自分の知っていることを、全部話した。

「そうですか。日下さんの同窓生ですか。お悔み申しあげます」

と、三浦は、丁寧にいった。

「それで、司法解剖の結果は、どうでした?」

と、今度は、日下が、きいた。

「海水に浸っていたのは、一週間ほどではないか。つまり、一月二十日前後に、海に入ったということです。正確な日時は限定できませんでした」

「それで、自殺、他殺、事故死の判断は、どうなりました?」

と、日下は、きいた。

「それで、困っているのですよ。後頭部の骨にひびが入っているので、殴られて突き落されたという考えも出来るんですが、落下したときに、下の岩礁にぶつけたと考えると、自殺、事故死の線も、出て来ますからね」

と、三浦は、いった。

「実は、二十日に、彼女から電話がありましてね。今、永平寺にいるが、明日、東尋坊に行く。東尋坊では、殺されるかも知れない、といっていたのです」

日下がいうと、三浦の語調が、変った。

「それ、本当ですか？」

「留守番電話に入っていました」

「それは、ぜひ、聞きたいですね」

「そちらに、お持ちしますよ」

と、日下は、約束した。

夜が明けてから、日下は、最初のテープを持って、福井に向った。そのあとのテープも、持って行きたかったのだが、幽霊からの電話ということで、相手に、余計な悩みを与えてはいけないと思って、持参はやめることにした。

福井警察署では、三浦の上司にも、テープを聞かせた。

署長と、刑事課長は、熱心にテープを聞いていたが、

「声の主は、間違いなく、野村ひろみさんでしたか？」

と、刑事課長が、当然の質問をした。

「正直にいって、確信はないのです。というのは、去年の同窓会で、八年ぶりに会って、その時、短い会話をしただけだからです。しかし、この電話を聞いた時は、彼女だと信じました」

と、日下は、答えた。

「殺されたとして、なぜ、殺されたか、その理由は、わかりますか？」

と、刑事課長がきく。それも、もっともな質問だったが、

「わかりません」

と、日下は、答えるより仕方がなかった。

日下は、同窓会の時に、一緒に撮った野村ひろみの写真を渡した。

「A自動車の専務が、昨夜、来てくれました」

と、課長は、写真を見ながら、いった。

「それで秘書の野村ひろみであることを、確認しましたか？」

と、日下は、きいた。

課長は、首を小さく振って、

「確認といっても、あれだけ、人相も変ってしまっていますからねえ。専務も、彼女だと思う、としかいえないようでした」

「専務さんは、今、何処におられるんですか？」

「今日の午後、帰京すると、いっていましたよ。今は、市内のNホテルに、泊っておられる筈です」

と、課長はいい、日下が頼むと、そのホテルに、電話をかけてくれた。

日下は、課長から、受話器を受け取って、

「野村ひろみさんのことですが、給料は、どのくらいだったんですか？」

と、きいた。

電話の向うで、専務は一瞬戸惑っているらしく、すぐには、返事をしなかったが、

「二十五、六万円と、あと、ボーナスですが、それが、何か」

「彼女の家は、資産家ですか？」

と、日下は、続けて、きいた。

「いや、そんな風には、聞いていませんよ。北海道でご両親は、小さな洋品店をやっ

ているということです。ああ、ご両親にも、私の方から、連絡しておきました」

　と、専務は、いった。

「彼女は、部屋代三十五万円の豪華マンションに住んでいましたが、ご存知ですか？」

「三十五万？」

　と、相手は、電話口で、絶句した。

「そうです。大きなマンションです」

「全く知りませんでしたよ。どうして、そんな高い部屋が、借りられたんですか？」

　と、専務が、きく。

「私も、それを知りたいと思っているんです」

　と、日下は、いった。

　電話をすませると、日下は、刑事課長と三浦刑事に向って、

「彼女が殺されたんだとすると、動機は、金と男ですね」

　といい、東京国立の豪華マンションのことを話した。

「彼女に、パトロンがいたということですか？」

　と、刑事課長が、きく。

「ええ。彼女は、美人で、魅力的な女性ですからね。パトロンがついていたとしても、

おかしくはないんです」

「今、日下さんが電話したA自動車の専務ですかねえ」

「かも知れません。電話では、違うみたいな対応をしていましたが」

と、日下は、いった。

二日間の休暇は、今日で終りである。日下は、東尋坊で死体が見つかって、ひとまず安心して東京に帰れると思った。

腕時計を見て、何とか、今日中に帰京できると思い、日下は礼をいって、福井署を出た。

小松空港までタクシーで急ぎ、最終の飛行機で、羽田に向った。

羽田空港から、十津川に電話をかけて、

「明日から、捜査に戻りたいと思います」

と、いうと、

「今から、こちらへ来ないか」

と、いわれた。

「何か、捜査に進展があったんですか？」

「ああ。だから、今すぐにでも、君にこちらへ来て欲しいんだよ」

と、十津川は、いった。

日下は、タクシーを拾い、捜査本部のある世田谷署に急いだ。

二日間いなかっただけなのに、「太子堂宝石商殺し捜査本部」の看板が、なつかしかった。

日下が顔を出すと、十津川が迎えて、彼を黒板の前に連れて行った。

そこには、事件の関係者の名前や、顔写真や、地図などが、貼られている。

「宝石商殺しの犯人は、妻と娘夫婦の三人が、共謀したんじゃないかという考えが、出て来てね」

と、十津川は、いった。

「それは、大いにあり得ますね」

と、日下は、肯《うなず》いた。

「妻の不満は、夫の浮気ではないか、女にだらしのないことではないかと思って、君にも、被害者の女性関係を、調べて貰っていたんだがね」

「はい」

「昨日になって、一人の女の名前が、浮んできた。野村ひろみ。二十八歳だよ」

「彼女なら――」

「そうなんだ。今日、福井県警からこちらに、捜査協力の依頼があって、びっくりしたんだ。しかも、君の名前も、いってきた」

と、十津川は、いった。

「本当に、野村ひろみが、被害者と関係があったんですか？」

「どうやら、彼女は、被害者から、毎月百万円の金を貰っていたらしい」

「それで、あの豪華マンションに、住んでいたということですか？」

「被害者の脇田が、銀座でやっていた宝石店だが、そこの従業員が証言したんだよ。一年半ほど前に店に来た客の中に、若くて美人の女性がいた。社長の脇田が、彼女に惚《ほ》れたというんだよ」

「それが、野村ひろみですか？」

「従業員のいう顔が彼女と一致している」

「そういえば、彼女が国立の豪華マンションに入居したのが、一年半前です」

と、日下は、いった。

「それも、一致するわけだな。ただ問題は、今度の事件での彼女の役割だ。全く無関係に東尋坊で殺されたのなら、何の参考にもならない。その点、君は、どう思うんだね？」

十津川は、日下に、きいた。

「正直にいって、わかりません。時間的に考えると、脇田が殺された後に、彼女も東尋坊で死んでいます。それに――」

「それに、何だね？」

「彼女は、死んだあとも毎日、私に電話をかけて来ていたんです」

と、日下は、いった。

「どういうことなんだ？」

「明日、留守番電話に入っていたテープを全部持って来て、お聞かせします」

と、日下は、いった。

翌日、日下は、彼女の声の入っている全てのテープを持って来て、捜査を担当している全員に聞いて貰った。

二番目、三番目のテープに進んでいくにつれて、刑事たちは顔を見合せた。

亀井が、日下を見て、

「どういうことなんだ？　まさか、死人が電話をかけて来たとは、思っていないんだろう？」

と、きいた。

「もちろん、そんな馬鹿なことは、信じていません」

「しかし、全て、同一人の声ですよ」

と、西本刑事が、いった。

「一応、最初から最後までのテープについて、科研で声紋を調べて貰おう。声のよく似た女が、二回目から掛けてきていたのかも知れないからね」

と、十津川は、いった。

テープが科研に送られ、声紋が調べられている間、捜査本部は、脇田社長殺しについて捜査を進めた。

脇田が死んでトクする者は、わかっている。

妻の洋子。

娘のみどりと、その夫の治郎《じろう》。

この三人が、脇田の残した莫大な遺産を相続する。

動機は、十分だった。

また、脇田が殺された時のアリバイは、三人ともない。

夜おそく、脇田は何者かに呼び出されて、パジャマの上からナイトガウンを羽織り、サンダルを突っかけて、百二十メートルほど離れた公園に行き、そこで殺された。

状況はそう考えられるのだが、妻の洋子や娘夫婦が共謀して、脇田を公園に連れ出して殺したということも、十分に考えられるのだ。

脇田が、野村ひろみという女に入れあげていたことがわかった今、妻の洋子の動機は強くなってきたと、十津川は判断した。

十津川は、洋子と娘夫婦を、重要参考人として捜査本部に呼び、話を聞いた。事件の直後に事情聴取をしたから、これで二度目である。

「私は、主人を殺してはいませんわ」

と、洋子は、前と同じ言葉を繰り返した。

「ご主人が、あなた以外の女性とつき合っていたことは、知っていましたか？」

と、十津川は、きいた。

「いいえ」

「しかし、あなたがご主人の女癖の悪さを、近所の奥さんにこぼしていたという証言があるんですよ。違いますか？」

「主人が女性にだらしがないのは、昔からですわ。いちいち、それに腹を立てても仕方がありません。もう、諦《あきら》めています。だからそのことで、主人を殺したりはしませんわ」

「野村ひろみという女性を、知っていますか？　二十八歳の美人ですが」

と、十津川はいい、彼女の写真を洋子に見せた。

洋子は、一応手に取って見たが、すぐ放り出して、

「こんな女、知りませんわ」

と、いった。

十津川は、娘夫婦にも同じ写真を見せたが、彼等も首を横に振った。

「一月二十一日は、どうしていました？」

と、十津川は、三人にきいた。

「主人が亡くなって、四日目でしょう。じっと家にいましたわ。娘のみどりと一緒にね」

と、洋子はいい、みどりの夫、治郎は、

「銀座の店に行っていましたよ。社長が亡くなって、私が臨時の社長代理ということで、店に出なければいけなかったんです。本当なら、しばらく休みたかったんですがね」

と、いった。

「北陸に旅行されたことは、ありますか？」

と、十津川は、三人にきいた。

「いいえ」

と洋子とみどりがいい、治郎は、

「大学時代に行ったことがありますがね。その後は、行っていませんよ」

「その時は、北陸の何処へ行かれたんですか？」

「金沢から、能登《のと》半島を旅行しました。ひとりでね」

「その時、東尋坊には行きませんでしたか？」

「行きません。今、いったように、金沢から和倉《わくら》、輪島《わじま》と見て、帰って来たんです」

と、治郎は、強い声でいった。

十津川は三人を帰すと、彼等の言葉の裏付けをとることにした。

刑事たちが、聞き込みに走り廻った。その結果、いくつかのことが、わかった。

治郎は、一月二十一日に確かに、銀座の宝石店に出勤していたが、従業員によると、昼から用があるといって、帰っている。

また、娘のみどりは、短大時代の夏休みに、女友だち二人と一週間にわたって、永平寺、東尋坊、金沢、能登と旅行していることがわかった。

二人とも、嘘をついているのだ。

その日の夕方、捜査会議が開かれ、そこで十津川が、三人の容疑は前よりも濃くなったと、いった。

「今年は暖冬といわれていますが、それでも一月十七日の夜は、四度まで下っていました。そんな寒さの中で、誰かに呼び出されたとしても、パジャマの上にガウンを羽織って、近くの公園まで出かけて行くのは不自然です。翌日でも宝石店に来てくれ、でいいわけです」

「やはり、三人共謀しての犯行説かね？」

と、三上本部長が、きく。

「ベッドを別にして寝ていたとしても、夫の脇田が、夜おそく出て行くのに気付かなかったというのもおかしいですし、別棟にいた娘夫婦も、気付かなかったといっています。不思議です。それに、娘のみどりも、婿の治郎も、嘘をついています」

「彼等三人が共謀して脇田を殺したとして、起訴できるだけの証拠はあるのかね？」

「残念ながら、まだありません」

「もう一つ、東尋坊で殺された野村ひろみとの関係は、どういうことになるんだ？」

と、三上が、きいた。

十津川は、日下に眼をやって、

「この件では、君の意見を聞きたいんだが」

「私の勝手な推理で、構いませんか？」

「いってみたまえ」

と、三上が、促した。

「脇田は、彼女に入れあげていました。一ヶ月三十五万のマンションに住まわせ、多分その他に、いろいろなものを買い与えていたと思います。彼女のマンションには男物のナイトガウンがありましたから、脇田は時々泊っていたと思います。とすると脇田は、もし自分が殺されることがあったら犯人は妻の洋子と娘夫婦だと、野村ひろみにいっていたんじゃないかと思うのです。そして、脇田が殺されました。ひろみは、洋子か娘夫婦に電話をかけ、あんたたちが殺したのを知っている。黙ってる代りに一千万円よこせとか、二千万円よこせと脅迫したんじゃないかと思います」

「そして、東尋坊に誘い出して、三人の中の誰かが殺したということか？」

と、三上が、きく。

「そうです。ひろみにしてみれば、パトロンの脇田を殺されてしまい、お金が入って来なくなったわけですから、その代りに金を要求するのは当然という気がしていたんじゃないでしょうか」

と、日下は、いった。

4

翌日になって、科研の報告が届いた。声紋の照合の結果、全てのテープの声は、同一人のものと、判断されるという報告だった。

十津川たちは、改めて、最初から、最後までの声を聞いた。

「さて、君はこれを、どう解釈するね？」

と、十津川は、日下に、きいた。

「二つ考えられると思います」

と、日下は、いった。

「いいだろう。二つとも、聞かせてくれ」

「私は、正直にいって、野村ひろみの声というのを、正確に知っているとは、いえないのです。去年の同窓会で、八年ぶりに聞いただけだからです。一月二十日に、留守番電話で、東尋坊で殺されるかも知れないから、助けに来て欲しいと聞いた時は、頭から、彼女のメッセージと、信じました。野村ひろみと、名乗ったからです。しかしあれは、ひょっとすると、声のよく似た別人だったかも知れません」

「別人だとすると、どういうことになるのかね？」

「私は、こう考えました。一月二十日には、すでに野村ひろみは、殺されてしまっていたのではないか。彼女の水死体は、一月二十六日に漁船が発見したわけですが、長く海水に浸っていたために、死んだのは二十日前後ということで、正確な日時は限定できないからです。十九日に殺されているのに、彼女の女友だちが、二十日に私に電話を入れ、東尋坊で殺されるかも知れないと怯えた声でいい、次には、早く死体を見つけてくれと、留守番電話を入れます。彼女は、野村ひろみが東尋坊で殺されたらしいが、自信はない。そこで私に探させようとして、こんな真似をしたのではないか」

「最後に、『日下さん。発見してくれて、ありがとう』という留守番電話を入れているところをみると、その女は、君が東尋坊へ行き、野村ひろみの水死体を見つけたことを知ったわけだな？」

「そうです。私を、尾行したんだと思います」

「もう一つの考えも、聞きたいね」

と、十津川は、促した。

「これは少し、とっぴかも知れませんが、全てのテープが、野村ひろみ本人のものだという考えです」

と、日下がいうと、亀井が変な顔をして、

「死人が、君の留守番電話に、メッセージを入れ続けたというのかね？」

と、きいた。

「そうじゃありません。彼女は、一月二十一日に、東尋坊で、洋子たちから、金を受け取る約束をしていたとします。その場合、東尋坊を指定したのは、彼女ではなく、洋子たちだと思います。娘夫婦は、前に、東尋坊に行ったことがあるからです。ひろみは、金につられて北陸へ行きましたが、すごく不安だったと思います。ひょっとして、連中が東尋坊で、自分を殺すのではないかという恐怖があったに違いないからです。そこで、二十日に、北陸から私に電話を入れ、明日、東尋坊へ行くが、殺されるかも知れないと、いっておきます」

「君が助けに来るのを、期待してかね？」

と、十津川が、きく。

「いえ。あんなあいまいな伝言で、刑事の私が動けないことは、頭のよい彼女にはよくわかっていた筈です。ただ、あの伝言を留守番電話に入れておけば、自分が消えたとき、私が、心配になって、探してくれることは、期待していたと思います」

と、日下は、いった。

「そして、二十一日に彼女は、東尋坊で殺された、ということだな？」

「そうです」

「そのあとの彼女のメッセージは、どういうことになるんだ？」

「彼女は、東尋坊で殺されるかも知れないという不安と、恐怖をもっていました。何千万もの金が手に入らずに、殺されたのでは、浮ばれない。といって、危険を冒さなければ、大金は手に入らない。それで、彼女は、殺された時、刑事の私に仇を討って貰おうと、考えたんだと思います。殺されたあとで、私を引きつける言葉を、テープに吹き込んでおき、友人なり、恋人なりに、一回ずつ、そのテープの言葉を、私の留守番電話に入れてくれるように、頼んでおいたんですよ」

と、日下は、いった。

十津川は、眉を寄せて、

「死体が発見されたときの、君に対する礼の言葉も、テープに入れておいたというのかね？」

「そうです」

「芝居っ気たっぷりだね」

と、十津川は、苦笑した。が、日下は笑わずに、

「そうです。彼女は大学時代から、芝居っ気の強い女性でした。演劇サークルでは、自分が主役でなければ満足しなかったですからね。死んだあとも、彼女は自分が主役で、芝居を演じたかったんじゃないかと思うのです。彼女の意図した通り、私は休暇をとって、東尋坊に出かけ、彼女の水死体が見つかる現場に、ぶつかりましたからね」

と、いった。

「そうだとしたら、死後に君に送るメッセージに、なぜ、自分を殺したのは脇田洋子やその娘夫婦だと、吹き込んでおかなかったんだ？」

と、同僚の西本が、きいた。

「それは、出来ないよ。彼女がそのテープを作った時は、まだ殺されていなかったからだ。彼女は確かに、東尋坊で殺されるかも知れないという不安を感じたんだ。しかしその一方で、たぶん大金を手に入れられるという期待も、持っていた。もし、死後に送るテープに、私を殺したのは脇田洋子たちと吹き込んでしまったら、それを渡された友人たちか、恋人は、驚いて、警察に連絡してしまうかも知れないじゃないか。だから、そうなったら、ひろみが手に入れようとした大金は、おじゃんになってしまう。だか

らひろみは、犯人の名前をメッセージに入れなかった。いや、入れられなかったんだ」

と、日下は、いった。

「どうやら君は、第二の推理の方が、正しいと思っているようだね」

と、十津川が、いった。

「そうです。その方が、野村ひろみらしいと思うのです」

と、日下は、いった。

日下は改めて、野村ひろみの美しい顔を思い出していた。

考えてみると、彼女は、大学時代から、虚栄心のかたまりだったと思う。

あの頃、彼女は十分に美しく、ミス・キャンパスに選ばれたのに、それだけではあき足らず、演劇サークルに入り、ヒロインを演じたがった。

卒業後、彼女は、A自動車の専務秘書になった。虚栄心の強い彼女にとって、重役秘書という仕事は、満足できるものだったに違いない。

だが、彼女はまだ満足できなかったのだ。セクレタリーというのは花形ではあっても、給料が安く、彼女を経済的に満足させなかったのだろう。

だから、脇田の女になった。脇田を愛していたとは、思えない。金が欲しかったのだ。

その結果、彼女は、豪華マンションと、高価な毛皮と、その他のぜいたくを手に入れた。

だから脇田が殺されたとき、彼女は、悲しみよりも、せっかく手に入れたぜいたくな生活を失うことの恐れを、感じたのに違いないと思う。

彼女は、その恐れから、脇田の家族を、ゆすったのだろう。

きっと、怯えながら、ゆすったのだ。

(そういえば、野村ひろみは、高所恐怖症だった――)

と、日下は、思い出した。

大学時代、彼女は、校舎の屋上にあがりたがらなかった。

国立の豪華マンションでも、景色のいい六、七階ではなく、三階の部屋を使っていたのは、高所恐怖症のせいだろう。

(きっと、東尋坊へ行くのは、そういう意味でも、不安だったろう)

と、思う。

ひろみは、東尋坊のあの断崖の上に恐怖にふるえながら、大金を受け取ろうとして、立っていたのだろうか？

「西本と清水は、東尋坊へ行って、聞き込みをやってくれ。脇田洋子と娘夫婦の写真を持参して、彼等が一月二十一日に東尋坊へ行ってなかったかどうかを、調べるんだ」

と、十津川が、指示した。

次に、日下に向って、

「野村ひろみの死後のメッセージを、君の留守番電話に入れたのは、君のいう通り、彼女の友人か、恋人だろうと思う。君には、その人間を、北条君と一緒に探して貰うよ。私の考えでは、君と同じ大学の同窓生じゃないかと思うね」

と、いった。

「わかりました」

と、日下は肯き、北条早苗と二人で、まず、去年の同窓会で会った友人たちに会ってみることにした。

八年ぶりに会った友人たちから、日下は、名刺を貰っていた。

早苗と、パトカーで、その名刺に書かれた会社を訪れて廻った。

最初に会ったのは、永井《ながい》克郎《かつろう》だった。

彼に、まず、的を絞ったのは、彼が大学時代、ひろみと同じ演劇サークルに入っていたからである。日下は大道具係で、それもすぐ辛くてやめてしまったのだが、永井は美男子で、ひろみと舞台で濡《ぬ》れ場を演じたりしていたのである。

去年の同窓会で会った時も、永井は、ひろみと親しげに話し込んでいたのだ。

その永井は、俳優にはならず、現在、大手のR商事で働いていた。

大手町にあるR商事本社の営業二課で、永井と会った。永井は、日下と早苗を、同じビルの中にある喫茶室に案内した。

「そろそろ、君が来る頃だと思っていたよ。野村ひろみのことだろう？」

と、永井が、先に切り出した。

「そうなんだ。君に聞いて貰いたいテープがあってね」

と、日下はいい、留守番電話の最初のメッセージを聞かせた。

「これ、彼女の声かね？」

と、日下は、黙って聞いている永井に、きいた。

「ああ、彼女だよ」

と、永井は、あっさりといった。

「間違いないか？」

「僕は、彼女とラブシーンを演じた仲なんだぜ。間違いなく、彼女の声だよ。それで、君は東尋坊に助けに行ったのか？」

と、逆に、永井にきかれた。

「それが、仕事に追われていてね。行けなかった」

「残念だな。刑事の君が行っていたら、彼女は助かっていたかも知れないのにね」

永井は、ちょっと、日下を非難するような口調でいった。

それが、少しばかり癇《かん》に触って、日下は、

「なぜ、君は、助けに行かなかったんだ？　卒業後も、彼女とつき合いがあったんだろう？」

と、きいた。

「多少はね。しかし、危険なことだったから、刑事の君に助けてくれと電話したんだろう。僕たちの中で、刑事は君一人なんだから、これはという時には、助けてくれなきゃなあ」

と、永井は文句をいった。

「君は彼女と、卒業後、どの程度つき合っていたんだ？」

と、日下はきいた。

「今もいったように、たいしてつき合ってはいないさ。一年に一回か、二回かな。そんなもんだね」

「彼女は、男関係で悩んでいたようなんだが、そのことで君に相談してなかったかね？」

「いや、ないね。彼女は気の強い女だから、自分の弱みを見せるのが嫌だったんだろうな。その彼女が、これだけ電話で頼んでいるんだから、よほど怖くて、君に助けて貰いたかったんだよ」

と、永井はまた、そこへ話を持っていった。

結局、永井からは、期待したようなことは聞けなくて、次に、同窓会の幹事をやっていた広田健児《ひろたけんじ》に会った。

広田は、学生時代から世話好きで、今はBテレビのAD《アシスタントディレクター》をやっていた。日下と早苗は、Bテレビ局に行き、彼の仕事の合間に、廊下で話を聞くことが出来た。

彼にも、立ったまま問題のメッセージを聞かせた。

「すごいテープだねえ」

と、広田は、ADらしいいい方をした。

「しかし僕は、東尋坊に行ってやれなくてね」

「おれだって、多分いかないよ。仕事があるし、本当かどうかわからないしね」

「この声だが、君は、野村ひろみの声だと思うか？」

と、日下は、きいた。

「もう一度、聞かせてくれ」

と、広田は、いったあと、

「やっぱり、彼女だな」

「そうか。永井も、そういっていたんだ」

と、日下がいうと、広田は、

「あいつなら、ひろみのことに詳しいよ。卒業後も、よくつき合っていたからな」

「おかしいな。永井は、卒業後はほとんどつき合いがないといっていたんだ」

「そりゃあ、永井が嘘をついてるのさ。おれは、二人が親しくつき合ってたのを知ってるよ」

と、広田は、いう。

「最近もか？」

「ああ。先月の何日だったかに、たまたま六本木に行ったら、二人が手を組んで歩いていたよ。声をかけたら、照れもせずにニヤニヤしてたから、ありゃあ、よっぽど親しいんだ」

「そんな仲か」

「君に嘘をついたのは、あいつ、一流商社のエリートだから、事件に関わり合いになるのが、怖かったんだろう」

と、広田は、笑った。

三人目に会ったのは、中林《なかばやし》みな子である。

卒業後すぐ結婚したと聞いていたのだが、去年同窓会で会うと、旧姓に戻っていて、離婚後、テレビ、ラジオなどのドラマのシナリオを書いているのだと、いった。

派手な感じで、文学志向など全くないと思っていたのだが、人間はわからないものだと思った女である。

みな子には、中野のマンションに押しかけて行って、会った。

「あたしの方から、日下さんに会いに行こうと思ってたの」

と、みな子が、いった。

「何か用があってか？」

「今度、サスペンスドラマを書くんで、本物の刑事はどんななのか、聞きに行こうと思ってたのよ」

「時間があれば喜んで協力するが、今日は僕に協力して貰いたいんだ。野村ひろみが、東尋坊で殺されたことは、知ってるだろう？」

「知ってるわ。あれは、男関係が原因ね」

と、みな子は、あっさりいった。

「どうして、そう思うんだ？」

「この間、女秘書のことを知りたくて、A自動車に訪ねて行ったんだ。そしたら、彼女が、元気がないのよ。暗い眼をしてたしね。それで、何を悩んでいるのって聞いたら、つき合ってる男のことがもつれてしまって、困ってるっていってたもの」

「その相手の名前を、いったのか？」

「いいえ。いわなかったし、あたしも別に聞きたくもなかったから、ただ、ずるずる引きずっちゃ駄目、いざとなったら、すっぱり縁を切りなさいって、忠告だけしたけどね。あたしの経験で」

と、みな子は、いった。

日下は、彼女にも、例のメッセージテープを聞かせた。

「へえー」

と、みな子は、感心したような声を出してから、

「それにしても、変なメッセージね」

「殺されるかも知れないと電話してきて、その通り殺されてしまったからかね？」

「それもあるけど、彼女の喋《しゃべ》り方よ」

「あれのどこが、おかしいんだ？」

「最初に彼女、『私、野村ひろみです。覚えていますか？　大学で一緒に――』って、いってるでしょう。でも、去年の同窓会で、会ってるじゃないの。それなら、去年の同窓会で会った野村ひろみですって、いうべきなんじゃないの？」

「なるほど。確かに、そうだな」

「刑事さんが、そんなことに感心してちゃあ、困るな」

「私は殺される、という言葉の方に、神経がいってしまってね。また、その通りに、殺されてしまったからな」

と、日下は、いった。

「あたしと違って、彼女はあれだけの美人だから、もっと幸福になるべきなのに、可哀そうね」

「君が、彼女に頼まれてたんじゃないのか？」

「何を？」

「彼女のメッセージを、僕の留守番電話に次々に吹き込むのをだよ」

「そんなことが、あったの？」

「彼女の死後、次々に、彼女の声が僕の留守番電話に、入っていたんだよ。殺されてしまったとか、早く、死体を見つけに来てくれとかね」

「へえ、面白いわね。でも、死者のメッセージなんていうのは、サスペンスとしてはちょっと平凡かなあ」

と、みな子は、笑った。

「君じゃないのか」

「それ、もし、やった人間がいたんなら、女じゃなくて男だと、あたしは思うよ」

と、みな子は、断定するようにいった。

「なぜ、男だと思うんだ？」

「彼女はね、ずっと男にちやほやされてきて、だから、女には嫉妬《しっと》されて来てるわ。そんな彼女が、同性を信用すると思う？　信用するとしたら、男よ」

みな子は、また、断定するようにいった。

「男というと、永井か？」

と、日下は、きいた。

「永井クン？」

「ああ、テレビ局のADをやってる広田は、二人がずっと親しかったと、いってるんだ」

「そうねえ。永井クンとなら、似合いかも知れないなあ」

と、みな子は、肯いた。

5

外に出てから、日下は、同行した北条早苗に、

「今日は、珍しく、ずっと黙っていたね」

と、声をかけた。

「会った人は全部、あなたの友だちで、私よりよく知ってるわけだし、東尋坊で死んだ女性も、あなたの大学の同窓で、あなたのマドンナだったんだから、私があれこれいう必要はないと思ったのよ」

と、早苗は、いった。

「しかし、君は、女だ」

「認めてくれて、ありがとう」

「女の感性で、判断してくれないか。今まで会った中で、誰が、野村ひろみと組んでいると思う？」

「あなたは、永井というエリート社員だと思っているんでしょう？」

「ああ、美男子だし、野村ひろみにふさわしいし、現に、二人が仲良くしているのを、広田が見ている。去年の同窓会の時だって、彼女は、ほとんど永井とお喋りをしていたんだ」

と、日下は、いった。

「お似合いのカップル？」

「まあ、そうだ」

「男の人って、ロマンチストなのね」

「馬鹿にしたようないい方だな」

「そうじゃないわ。ある意味じゃあ、羨《うらや》ましいのよ」

と、早苗は、いう。

「女は、何なんだ？」

「どんな女でも、リアリスト。お姫さまでもね」

「だから、今度の件では、どういうことになるんだ？」

と、日下がきいたとき、パトカーの無線電話が鳴った。

日下が、受話器を取ると、十津川の声で、

「すぐ戻って来い。今、東尋坊に行った西本と清水の二人から、連絡が入った。脇田家の娘夫婦が、一月二十日に、東尋坊へ行っていることがわかったんだ」

と、大きな声で、いった。

日下は、早苗と、すぐ戻ることにした。

二人が捜査本部に帰ると、十津川は、あらためて、

「脇田の娘夫婦が、やはり、東尋坊に行っていたよ」

と、いった。

「一月二十日ですか？」

日下が、きいた。

「そうだ。一月二十一日ではなく、その前日だよ。あの夫婦は、車を飛ばして、東尋坊へ行っている。東尋坊近くのガソリンスタンドの給油係が、二人の顔と車を、覚えていた」

と、十津川は、いう。

「野村ひろみは、一月二十日に殺されて、東尋坊の海に、投げ込まれたわけですか」

「そういうことだろうね。とにかく、これであの娘夫婦に対する逮捕状はとれる。母親も多分、共犯だろう」

と、十津川は、いった。

十津川の期待通り、野村ひろみ殺しで、脇田みどりと夫の治郎に対する逮捕令状がおりた。

それを持って、まず、二人を逮捕し、連行した。

みどりは、頑強に否認した。が、夫の治郎の方が、先に白旗をあげた。おまけに、義父の脇田肇殺しまで、自供した。

「そのあとで、野村ひろみが、脅迫して来たんです」

と、治郎は、いった。

「それで、殺したのか？」

と、十津川が、きいた。

「五千万円要求してきたんです。私たちが、義父を殺したのを知っていると、いってね」

「莫大な財産があるんだから、五千万ぐらい払ってやろうとは、思わなかったのかね？」

と、亀井が、きいた。

「あの女は、義父をたぶらかして、金を出させていたんですよ。そんな女に、一回、五千万を払ったら、あと、いくら要求してくるか、わからないじゃありませんか。だから、殺さなければならないと思ったんです」

「なぜ、東尋坊なんだ？」

と、十津川が、きいた。

「私も、家内も、東尋坊に行ったことがあって、よく知っていたからです。それに、冬の日本海は、いつも荒れていて、あそこから突き落せば、まず、見つからない。そう思ったんです」

「野村ひろみは、ＯＫしたのか？」

「最初は、他の場所にしたいといいましたよ。あんな怖いところは嫌だってね。でも、こっちは殺す気だから、強気に出てやりました。東尋坊以外なら、五千万は渡さないってね。あの女も、よほど金が欲しかったとみえて、渋々承知しましたよ」

と、治郎は、いった。

「それで、一月二十日の何時頃、東尋坊で会ったんだ？」

と、亀井が、きいた。

「天気がいいと、冬でも観光客が来るし、土産物店も開いています。だから、早朝にしました。午前六時五十分です」

「六時五十分？」

「日の出の直前ですよ。そんな時間なら、観光客も来ていないし、店も閉っていますからね。風が強くて、寒かったですよ。それでも、五千万欲しさに、あの女はやって来ましたよ。家内が、金の入ったボストンバッグを渡すふりをして話しかけ、私が、そっと近づいて、突き落したんです」

「それから、急いで、東京に引き返したんだな？」

「そうです」

「脇田肇殺しだが、母親の洋子も、加わっていたんだろう？」

と、十津川は、きいた。

「そうです。彼女はずっと、夫を憎み続けていたんです」

と、治郎は、いった。

十津川は、すぐ洋子に対する逮捕状を要請しておいて、娘のみどりに、

「君の旦那が、全て自供したよ」

と、告げた。

　そのとたん、みどりは、怒りの眼になって、

「幽霊の声に怯えたりして、だらしがないったら、ありゃしない！」

　と、叫んだ。

「幽霊の声って、何のことだ？」

　と、十津川は、きいた。

「東尋坊から帰ったあと、毎日、夜になると、電話がかかったわ。それが、死んだ野村ひろみの声だって、治郎は怯えちゃったのよ。あたしは、誰かのいたずらに決ってるって、いったのに、怖がって、五千万円を払っちゃったりして。駄目な男だわ」

　と、みどりは、吐き捨てるようにいった。

　十津川は、もう一度、治郎にその点を問いただした。

　治郎は、幽霊の声と聞くと、青い顔になって、

「本当に、夜になると、あの女が電話をかけてきたんですよ。なぜ、殺したのかとか、一生恨んでやるとかいうんです」

「それで、五千万払ったのか？」

「約束の五千万をなぜくれなかったのか、くれなければ、警察に知らせてやると、いうんです。そのうちに、警察も動き出す気配がして、私は、すっかり怖くなったんで

す」

と、治郎は、まだ怯えの残っている顔で、いった。

「どうやって、五千万渡したんだ？　幽霊が出て来て、受け取ったわけじゃないだろう？」

と、十津川は、きいた。

「マンションのあの女の部屋に、入れておいたんです。あたしの家へ持って来てくれと、いわれましたからね」

「部屋のカギは、どうしたんだ？」

「義父が持ってましたよ。義父が借りてやったマンションですからね」

「幽霊が五千万を要求したと、本当に信じたのかね？」

「少しは、疑いましたよ。しかし、あのマンションに行ったら、ドアに、忌中の札が貼ってあったんです。あの女が死んだことを、まだ、誰も知らない筈なのにですよ。私は、それを見た瞬間、ぞおッとして、金を入れて逃げて帰って来たんです」

と、治郎は青い顔で、いった。

「あのマンションは、外来者は勝手に入れないんじゃないか？　管理人に話して、入れて貰ったのかね？」

と、十津川は、きいてみた。

「管理人になんか、いいません。誰にも、見られたくなかったですからね。マンションの脇にかくれていて、中から人が出て来て入口が開いたとき、すれ違いに入って行ったんです」

と、治郎は、いった。

6

治郎の幽霊話と、五千万円のことで、今度の事件が、まだ、完全には終っていないことがわかった。

「脇田治郎は、君と同じように、幽霊からの電話を聞いたらしい」

と、十津川は日下に、いった。

「毎夜ですか？」

「ああ、治郎は、毎日、夜になると、野村ひろみから、恨みの電話がかかったといっている」

「私の場合も、毎日、留守番電話に入っていたんです」

「その上、治郎は、五千万払ってしまっている。忌中の札に怯えたらしい」

「あの忌中の札は、私も見ました。なぜ、貼ってあったか、わからなかったんですが、今、わかりました。五千万を奪うためだったんですね。確かに、あの忌中の札は、背筋が冷たくなりますよ」

と、日下は、いった。

「だが、幽霊が、現金を受け取る筈がないんだ」

「その通りです」

「野村ひろみは、君の友人だったから、彼女のことは、よく知っている筈だ。この幽霊話は、君が解決してみろ」

と、十津川は、いった。

日下は、考え込んでしまった。

五千万を受け取ったのは、もちろん、幽霊ではない。とすれば、彼女の友人か恋人なのだ。

（永井かも知れない）

と、思った。

ひろみと永井とは、親しかったようだし、去年の同窓会でも、永井がほとんど、ひろみを独占して、話し合っていたのだ。

ひろみが、事情を話して助けを求めたとしたら、永井しか考えられない。

日下は、永井のことを、ひそかに調べてみた。

その結果、興味あることがわかった。永井が、金に困っていたらしいというのである。

大企業のエリートコースを歩いているといっても、月給が、二倍、三倍というわけでもないし、彼自身、資産家の生れでもない。それなのに、虚栄心の強い永井は、無理して新車を買ったり、高い部屋代のマンションに住んだりして、かなりの借金をしているという噂《うわさ》だった。

日下は、永井以外の友人たちのことも、もちろん、念のために調べ直したが、一番怪しいのは、やはり永井だった。

だが、永井を逮捕するだけの証拠がない。

「どうしたらいいだろうか？」

と、日下は、早苗にきいた。

「警部は、あなたが解決しろといったんじゃなかった？」

と、早苗は、いう。

「そうなんだが、証拠がつかめない。それに、君の意見をまだ聞いてなかったよ」

と、日下は、いった。

「私の意見って？」

「一緒に、僕の友人たちに会って貰ったときさ。君は、男と女は違うといったじゃないか」

「ああ、あのことね」

と、早苗は肯いてから、

「一つだけ、いいたいことがあるんだけど、構わないかな」

「いいさ。いってくれ」

と、日下は、促した。

「日下さんは、毎日、留守番電話に入れてあったメッセージを、野村ひろみ本人の声だと思っているんでしょう？　自分がもし、殺された時のことを考え、テープに声を吹き込んでおいて、友人か恋人に、それを刑事のあなたに電話で聞かせて欲しいと、頼んだのではないかと」

「彼女の声だったし、彼女は、ああいうことが好きだと思ったからね」

と、日下は、いった。

「私は、それは、違うと思ってる」

「なぜ？」

「この間もいったけど、女はリアリストなの。五千万を自分が手に入れられなかったときのことなんか、考えないわ。また、相手を脅して、取ってやろうと思うだけだわ。それに、自分が殺されることも、考えないわ。相手が五千万円持って来て、それを受け取ることしか。考えるとすれば、誰か、ガードマンを頼むことぐらいね」

と、早苗は、いった。

「じゃあ、電話の主は、よく声の似た女ということになるのか？」

「そうなるわ」

「しかし、簡単に、声のよく似た女が見つかるものかな。それに、真に迫った声だったよ」

「でも、野村ひろみは、一月二十日の午前六時五十分に殺されてるわ。彼女は、同じ一月二十日に、留守番電話に、メッセージを入れて来たんでしょう。もし、彼女が電話してきたのなら、それは、午前六時五十分より前になってしまうし、その時間なら、あなたは自宅にいたわけでしょう？」

「だから、彼女が、万一を考えてテープに録音していたのかと、思ったんだがね」

「脇田の娘夫婦を脅すメッセージも、テープに録音していたというの？」

と、早苗は、笑った。

「そういわれると困るんだが――」

と、日下は、言葉を濁した。

一月二十日に電話が入ったことは、確かなのだ。もし、それが彼女の声でなかったとすると、一日の間に声の似た女を見つけたり、あんなに真に迫った、感情の籠《こも》った声を、出せるものだろうか？

日下は、あいまいな感情のまま、その日、自宅に帰った。

どうしても、電話に眼が行ってしまう。

再生ボタンを、押してしまう。

〈日下さん。いろいろとお話ししたいので、次の日曜日に、東尋坊へ来て下さい。お会いして、直接、お礼がしたいの。観光客のいなくなった夕方でいいわ。午後五時に、東尋坊で待っています〉

あの電話の声だった。

早苗は、ひろみの声の筈がないといったが、日下には彼女の声に聞こえるのだ。

日下は、落ち着けなくなり、土曜日の夕方、東京を出発して、北陸に向った。

福井で泊り、日曜日の朝、東尋坊に出かけた。

風が強く、粉雪が舞っていた。

日曜日なので、土産物店も開いていて、観光客も来ていたが、天候が悪いので、その数は少かった。

もちろん、海は荒れ、観光船は姿が見えない。

東尋坊のレストランで、昼食をとった。

（誰が、いったい、来るのだろうか？）

と、レストランの窓ガラス越しに、荒れる海を見つめながら、考えた。

（多分、永井だろう）

と、思った。

ここにやって来て、おれに、何を話す気なのか？

奪った五千万円を半分渡すから、何もかも無かったことにしてくれとでも、いうつもりなのだろうか？

（それとも、おれを、この東尋坊から、突き落とす気だろうか？）

午後四時を過ぎると、陽が落ちてくる。観光客もいなくなり、土産物店も店を閉める。

日下も、レストランから追い出されてしまった。

新聞を見ると、今日の日没は、四時五十二分である。

幸い、粉雪は止み、雲の切れ間から月がのぞいたが、風の冷たさは、変らないし、周囲はうす暗い。

日下は、コートの襟を立て、東尋坊の崖《がけ》の上に向って、歩いて行った。

永井が現われたら、説得して、自首させようと決めている。

誰も、現われない。

五分、十分と経《た》ち、諦《あきら》めて、日下が帰ろうとした時、人影が現われた。

女だった。

コートの襟に顔をうずめるようにして、ゆっくりと歩いてくる。

うす暗いので、顔はわからなかった。

「日下さん」

と、女が、立ち止って、呼んだ。

ひろみによく似た声だった。

「誰なんだ？」

と、日下は、きいた。

「私です。ひろみです。日下さんのおかげで、私を殺した犯人が、捕ったわ。ありがとう」

と、女がいう。

彼女の声が、強い風にあおられて、切れ切れに聞こえてくる。

「君は、誰なんだ？」

と、日下がいい、二、三歩、女に近づこうとした時だった。

背後で突然、

「危い！」

という、別の女の甲高い声が、聞こえた。

とっさに振り向くと、黒い人影が飛びかかってきた。

その腕をつかんで、柔道の腰車の感じで、投げ飛ばした。

悲鳴が、流れた。

黒い人影が転がって行き、崖下に落ちて行った。

日下は、崖の縁に駈け寄って、下を見すえた。

だが、激しい波音が聞こえるばかりで、海は暗いだけだった。

誰かが、傍にやって来た。

「大丈夫？」

と、きいた。

その声は、日下のよく知っている声だった。

北条早苗だった。

日下は、まだ、息をはずませていた。

「落ちたのは、永井かな？」

「違うと思うわ」

と、早苗が、いった。

「君は、顔を見たのか？」

「見てないけど、違う筈よ」

と、早苗は、いう。

「君は、なぜ、こんなところに来てるんだ？」

と、日下がきくと、早苗は身体をふるわせて、

「ここは寒いわ。レンタ・カーで来てるから、車の中で話しましょう」

と、いった。

「あの女は、どうする？」

と、日下は、最初に声をかけて来た女に、眼をやった。彼女は、その場に、しゃがみ込んでしまっていた。

早苗は、大股《おおまた》にその女の傍に行き、

「ここにいたら、カゼひくわよ」

と、いって、腕を取って、立ち上らせた。

レンタ・カーは、離れた駐車場に、とめてあった。

リアシートに、女を入れ、早苗と日下は、前席に腰を下した。

早苗は、エンジンをかけ、ヒーターで車内を暖めた。

日下は、助手席から、身体をひねるようにして、リアシートの女を見た。女は、顔を伏せていた。

野村ひろみではなかった。美人だったが、ひろみには、あまり似ていなかった。

「今朝、あなたのことが、心配で、寄ってみたの。思い込みが激しいようだから。そしたら出かけたというし、管理人さんに頼んで、部屋に入れて貰って、留守番電話を聞いたわ。そしたら、東尋坊へ行ったみたいだから、あわてて来てみたのよ」

と、早苗は、いった。

「おかげで、助かったよ。ただ、相手を、捕えられずに、海に、投げ込んでしまった」

「仕方がないわ。あれは、正当防衛だわ」

と、早苗は、いった。

「君は、永井じゃないといったね。どうしてなんだ？」

と、日下は、きいた。

「私が女だから、そう思ったのよ。一緒に、あなたの同窓生に会ったでしょう。確かに、永井という男は、カッコがいいし、遊び相手としては、楽しいと思うわ。でも、大事なことを相談する相手としては、駄目だわ。私だったら、彼には、相談しない。信用ができないもの。だから、野村ひろみも、脇田肇の家族を脅迫して、五千万円を取ろうという大事なことを、永井には相談しなかったと、思ったのよ」

と、早苗は、いった。

「じゃあ、誰に、相談したと思うんだ？」

「多分、広田という人ね」

と、早苗は、いった。

「テレビ局で、ＡＤをしている広田か？」

と、日下が、きく。

「ええ」

「なぜ、彼なんだ？」

「同窓会の幹事で、世話役なんでしょう？　地味だけど、信用がおけるわ」

と、早苗は、いった。

「それだけの理由で、広田だと思うのか？」

「他にもあるわ」

「それを、話してくれ。海に投げ込んだのが誰か、知りたいんだ」

「野村ひろみは、広田に相談した。多分、ガード役を頼んだんだと思うわ。でも、一月二十日の午前六時五十分という早さで、広田は間に合わず、着いた時には、彼女の姿はもう無かったんだと思うわ。それで彼は、彼女が殺されたと考えたんだと思う。海に、突き落とされてね。彼は、自分を信用して大事なことを打ち明けてくれた野村ひろみのために、復讐《ふくしゅう》してやりたいと、思ったんだわ」

「そこまでは、わかるよ」

「彼は、急いで東京に戻りながら、復讐の方法を考えたと思うの。警察にいっても、死体がなければ、取り合ってくれないだろう。といって、冬の荒れた海を自分で、船を出して探すわけにはいかない。第一、彼には、仕事があるわ。そこで、彼は、テレビ局のADらしく、ドラマ仕立ての復讐を考えたのよ。死んだ野村ひろみに声のよく似た女を探し出し、犯人と思われる脇田夫婦を脅し、同窓生の中で、刑事になっているあなたに捜査させるように、仕向けるというね」

「しかし、その日の夜には、もう、僕の留守番電話に彼女の声が入っていたんだよ。そんなに、簡単に、彼女によく似た声の女が見つかるものかな？」

と、日下は、いった。

「普通の人なら、無理だと思うわ。でも、広田は、違う。テレビ局のADなら、声優さんを沢山知っている筈だわ。野村ひろみの声によく似た声優さんを見つけるのは、そう難しくはなかったと思うの」

と、早苗は、いった。

「そうか。声優か」

「声優さんなら、多少、声の質が違っていても、うまく似せることは出来る筈だわ。それに、ただ声が似ている女だと、いかにも恨めしげに喋ったりは無理だけど、声優さんなら、声の演技も自由自在だわ」

と、早苗は、いった。

「なるほどね」

「留守番電話の声が、野村ひろみ本人のものじゃないことは、最初からわかってたわ。同窓生の中林みな子さんも、いってたじゃないの。野村ひろみが、最初の電話で、日下さん、覚えていますかと、呼びかけるのはおかしいと」

「そうなんだ。去年の同窓会でも、会ってるんだからね」

「第一、彼女は、自信満々な性格なんでしょう？　そんな女は、覚えていますか――なんて、いわないわ。相手が自分のことを、当然、覚えているものと、思っているから」

と、早苗は、いった。

「しかし、広田が、声優に頼んで芝居をさせていたにしても、セリフは彼が考えた筈だよ。彼は、去年の同窓会に出ているし、幹事だったんだ。なぜ広田が、あんなおかしなセリフを考えたのかな？」

と、日下は、いった。

「それは、多分、自信がなかったんだと思うわ」

と、早苗は、いう。

「自信がなかったって、どういうことだ？」

「彼もいってたんでしょう。野村ひろみは、ほとんど、永井と喋ってたって。だから、彼女があなたと話したのか、お互いに自己紹介したのか、見ていなくて、自信が持てなかったんだと思うわ。だから、セリフを考える時、つい、丁寧な、くどいものになってしまったんだと思う。私よ、野村ひろみよ、といった時、あなたが覚えていなかったら、彼の計画は、全て、ぶちこわしになってしまうから、どうしても、くどく、大学で一緒だったとか、覚えていますかというセリフになってしまったんだわ」

と、早苗は、いった。

「なるほどね」

と、肯いてから、日下は、リアシートの女に、眼を向けた。

「君の名前は？」

と、日下は、きいた。

「柏木《かしわぎ》ゆう子です」

と、女はふるえる声で、いった。

「声優さん？」

「はい」

と、女は、肯いた。

7

日下は、そのまま東京には戻らず、福井市内の旅館に入って、柏木ゆう子の話をテープにとった。

〈私は、柏木ゆう子、二十八歳です。劇団ＪＭＣに所属する声優です。仕事はあまりありませんから、お金には困っていて、週に三日、スナックで働いていました。一月二十日の昼過ぎだったと思います。テレビ局に顔を出していたら、突然、ＡＤの広田さんに、呼ばれました。お金になるアルバイトがあるが、やらないかと、誘われました。私はお金が欲しかったので、すぐ飛びつきました。

最初に、女の人の声を聞かされました。それは、広田さんがその女の人と電話をしているのを、録音したものでした。広田さんは、こういいました。この女性は、君と声がよく似ている。癖もよくとって、より似せるようにしてくれって。私はプロの声優ですから、そんなことは簡単でした。二、三回聞いたら、彼女の話し方の癖も、完全にマスターしました。

その日の夜から私は、その女性の声で、広田さんの書くセリフの通り、二ヶ所に電話をかけました。

一つは、日下刑事さん。もう一つは、脇田夫婦への電話です。奇妙なセリフでした。片方は、死んだ自分を見つけてくれと、切々と訴えるセリフ。もう片方は、なぜ、殺したのと、恨みを並べるセリフでした。

でも私は、広田さんに何も質問しませんでした。秘密を守り、何も聞かないという約束だったからです。

ある時、脇田夫婦に、五千万を要求する電話をかけました。

その時も、何も質問しませんでしたが、そのあと広田さんは、百万円を現金でくれて、これはボーナスだと、いいました。私はもちろん、どういうことが起きているのか、よくわかっていました。広田さんの好きだった女性が、脇田夫婦に東尋坊の海に突き落とされ、殺された。私を使って、その復讐をやろうとしているのだということはです。

日下刑事さんへの電話は、冬の東尋坊に消えた彼女の遺体を、警察に探させようというのだと思いました。それが成功したのか、東尋坊沖で、漁船が、若い女の水死体を発見したというニュースが、新聞にのりました。これで、私の仕事も終るのだなと思いました。奇妙な仕事で、お金は沢山貰いましたけど、どこか秘密を隠して仕事をしているような気分がしていたので、終ると思った時は、ほっとしました。ところが、昨日になって、広田さんに呼ばれて出かけて行くと、彼は突然私の前にひざまずいて、おれを助けてくれというんです。私がびっくりしていると、おれは警察に狙《ねら》われている。このままでいったら、刑務所行きだ。それを助けられるのは、君だけだというのです。私は広田さんから、奇妙な電話のメッセージをずっと頼まれている間に、少しずつ彼に魅かれていましたから、私にお役に立てることならと、聞きました。

広田さんは、こういいました。友人の刑事が自分を憎んでいて、何とかして自分を、殺人犯に仕立てあげようとしている。いくら弁明しても、聞こうとしない。そこで東尋坊に呼び出し、二人っきりで、じっくりと話し合いたい。自分が呼び出したのでは来てくれないから、君に頼む、とです。

私は、広田さんが人殺しなど出来る人ではないと、信じていましたから、彼のいう通りに、日下刑事の電話にメッセージを残しました。

私はそれですんだと思ったのですが、広田さんは、私にも一緒に来て欲しいといいました。東尋坊で、いきなり自分が出て行ったら、日下刑事は用心してしまう。だからまず、君が声をかけてくれと、いわれたんです。私は別に、変だとは思わず、東尋坊でその通りにしました。私は広田さんが好きだったから、誰とでも仲良くして貰いたかったんです。

東尋坊には、日下刑事さんが先に来ていました。私は広田さんに促されて、相手に近づいて、日下さん、と呼びかけました。彼は私を見て、誰なんだ、と聞きました。私は、どう答えていいかまよっていました。

また、日下刑事が、君は誰なんだと聞きました。

次の瞬間、眼の前で起きたことは、私には悪夢としか思えません。広田さんが、日下刑事に飛びかかっていき、逆に投げ飛ばされて、崖から海に落ちて行ったのです。

私が知っていることは、これだけです〉

これが、柏木ゆう子の話した全てだった。彼女がどこまで、広田の行動について知っていたか、加担していたかは、今の段階ではわからない。

彼女は、共犯容疑で、逮捕されることになるだろう。が、日下には、正直いってそれは、どうでもいいことだった。

今、日下の心を占めているのは、大学時代の友人の広田が、自分を殺そうとしたというショックだけである。

「柏木ゆう子は、君が連れて行ってくれ」

と、日下は、早苗にいった。

「あなたは、どうするの？」

と、早苗が、きいた。

「もう一度、東尋坊を見て来たいんだ」

と、日下は、いった。

早苗は、何も理由を聞かなかった。それが日下には嬉《うれ》しかった。

早苗は、レンタ・カーで日下を東尋坊の近くまで送って来て、引き返して行った。

日下は、風に逆らうように、東尋坊の先端に向って、歩いて行った。

ふと、爆音が聞こえたので、顔をあげると、ヘリコプターが低空で飛んでくるのが見えた。

日下が、県警に事件のことを知らせておいたので、捜索のためにヘリコプターが来てくれたのだ。

崖の上には、県警の警官たちが来て、双眼鏡などで、海面を探している。

海は荒れていて、捜索の船は出せないようだった。

日下は崖の上に立って、海面を見つめた。波しぶきばかりが、眼に入ってくる。風が強く、立っていると、身体が倒れそうになってくる。

粉雪も、舞い始めた。

広田の死体は、果して見つかるだろうか?

(見つからない方が、いいかも知れない)

ふと、日下は、そんな気分になっていた。

十津川警部　白浜へ飛ぶ

1

日曜日だからといって、犯罪者まで、休むわけではない。

十一月の日曜日も、そうだった。

警視庁捜査一課の十津川は、事件の知らせを受けて、阿佐ケ谷《あさがや》駅近くのマンションに、急行した。

腕時計は、まだ、午前九時三十五分だった。

「ヴィラ阿佐ヶ谷」という十階建てのマンションの305号室だった。

1LDKの部屋のドアの近くに、パジャマ姿の若い男が、俯《うつぶ》せに倒れていた。両手を、ドアの方に伸ばしたままの恰好《かっこう》だった。

一一〇番した管理人が、まだ、青い顔で、十津川に、答えた。

「今朝、この部屋の前を通ったら、部屋の中から物すごい呻《うめ》き声《ごえ》が聞こえたんです。でも、ドアにはカギがかかっているので、急いで、マスターキーを持ってきて、開けました。そうしたら、小林《こばやし》さんが、ドアの傍《そば》に倒れていたんです」

「小林という名前ですか？」

「小林努《つとむ》さんです」

二人の刑事が、倒れている男を、抱くようにして、仰向けにした。

口元から血が流れ出している。その血は、もう乾いてかたまっていた。

「毒死のようだね」

と、検死官が、妙に落ち着いた声で、いった。

十津川と、亀井は、死体をまたぐようにして、部屋の中に入った。

十二畳くらいのリビングルームのテーブルの上に、温泉まんじゅうの箱が開けて置かれ、食べかけのまんじゅうが、床に落ちていた。

コーヒーも、冷たくなって、テーブルの上に、のっていた。

状況から見ると、今日日曜日の朝、パジャマのまま起きて、コーヒーをいれ、温泉まんじゅうを、食べていたのだろう。

「青酸だよ。一服もられたんだな」

と、検死官が、いった。

十津川は、コーヒーカップと、温泉まんじゅうを、じっと見つめた。そのどちらかに、青酸が入っているのか。

亀井が、まんじゅうの箱を手に持って、

「白浜のまんじゅうですね。南紀白浜《なんきしらはま》と、あります」

と、いった。

「南紀白浜へ行って来たのかな？」

「それとも、行ってきた人間に、貰《もら》ったかでしょう」

と、亀井が、いう。

リビングルームの隣りは、六畳の寝室で、大きなベッドが、入れてある。枕元の丸いテーブルに、若い女の写真を、額に入れて、飾ってあった。

十津川は、管理人に、眼をやって、

「小林さんのところに、若い女性が、よく来ていたんじゃありませんか？」

「ええ。美しい人ですよ。小林さんは、結婚する人だといっていました」

と、管理人は、いった。

「小林さんの仕事は、知っていますか？」

「ええ。商社マンです。N商事の」

「じゃあ、エリート社員か」

「そうなんじゃありませんか。国立大学の出身だということですから」

と、管理人は、いった。

十津川は、もう一度、女の写真に眼をやった。

女は、二十二、三歳で、制服を着ているところを見ると、どこかの航空会社のエア・ホステスではないのか。

だが、何処《どこ》の航空会社か、十津川には、わからなかった。

日曜日では、N商事に行って、被害者のことを聞くことも、出来ない。

十津川は、刑事たちに、室内を調べ、写真の恋人のことがわかるものを、見つけるように、命じた。

アルバムがあり、手紙の束も見つかった。手紙の束の中には、ラブ・レターもあり、それから、女の名前は、小笠原《おがさわら》マリらしいと、わかった。

若い刑事の中には、航空会社の制服に詳《くわ》しい者がいて、

「これは、JASの制服ですよ」

と、十津川に、いった。

「ＪＡＳ？」

「ええ。日本エアシステムです」

「それなら、羽田のＪＡＳの事務所へ電話して、小笠原マリについて、聞いてみてくれ」

と、十津川は、いった。

西本刑事は、携帯を使って、電話をかけて、聞いていたが、終って、十津川に、

「小笠原マリは、今日、南紀白浜行の、八時五五分の便に乗務しているそうです」

「じゃあ、今は、白浜か？」

「そうです。南紀白浜着が、一〇時一〇分だそうですから」

「羽田に戻ってくるのは？」

「一二時ジャストだと、いっています」

「じゃあ、戻って来たら、警察に、連絡するように、いっておいてくれ」

と、十津川は、いった。

2

羽田と、南紀白浜間に乗務している小笠原マリが、白浜で買った温泉まんじゅうに青酸を注入しておき、それを、恋人の小林に食べさせた。そんな単純な事件ではないだろう。

それでは、犯人は、自分だと、いっているようなものだからだ。

とにかく、彼女が、羽田へ戻ってくれば、何かわかるだろう。

時刻表によれば、羽田（東京）から南紀白浜への航空便は、一日二便である。

東京（羽田）　南紀白浜

JAS　381　八時五五分↓一〇時一〇分

JAS　385　一六時〇五分↓一七時二〇分

JAS　382　一二時〇〇分↑一〇時五五分

ＪＡＳ　３８６　一九時〇〇分→一七時五五分

３８１便、八時五五分羽田発が、南紀白浜に、一〇時一〇分に着き、その飛行機が、３８２便となって、羽田に戻って来るということなのだろう。

小笠原マリは、その第一便で、南紀白浜へ飛んでいるから、そのまま、羽田へ、戻って来るということなのか。

南紀白浜空港は、滑走路が短かく、プロペラ機しか、離着陸が出来なかったのだが、滑走路の長い、新しい空港が完成して、ジェット機が、飛べるようになった。

このＪＡＳの二便も、ＭＤ－87と呼ばれる定員百三十四名のジェット機である。

杉並警察署に、捜査本部が設けられたが、日曜日で、被害者の勤めるＮ商事へ行って、話が聞けないので、十津川たちは、自然に、待機の態勢になっていた。

司法解剖の結果も、まだ出て来ない。

鑑識は、マンションの現場の写真を撮《と》り、指紋の採取に、忙しい。コーヒーと、温泉まんじゅうの分析は、科研に依頼しているが、十津川たちは、十二時に、小笠原マリが、戻ってくるのを、待つより仕方がない。

被害者小林努の家族は、北海道に住んでいる。電話で知らせたが、千歳《ちとせ》空港へ出てくるのに、二時間はかかるという所らしいから、両親が、こちらに着くのも、やはり、十二時過ぎになるだろう。

十津川は、小林のアルバムから、持って来た五枚の写真を、黒板にピンで止めていった。

小林が、一人で写っているものもあれば、会社の仲間と、旅行にでも行ったときのものか、団体で写っているものもある。それに、恋人の小笠原マリと二人で撮った写真。

十津川は、子供が殺される事件に出会うと、悲しくなる。が、若い男女が、結婚間際に殺されるのも、胸が痛む。被害者たちの輝やかしい未来が、突然、断ち切られてしまうことだからである。

昼が近づいて、十津川たちは、近くの店から、ラーメンを出前して貰った。

それを食べながら、十津川は、羽田のＪＡＳの事務所からの連絡を待った。

電話が鳴った。十津川は、腕時計に眼をやって、

（少し早いな）

と、思いながら、電話を取った。

「こちら、ＪＡＳの羽田事務所ですが、十津川警部さんを」

と、男の声が、いう。

「私です」

「小笠原マリの件ですが、今南紀白浜から、電話がありまして」

「羽田に向って、飛んでいるんでしょう？　延着しそうなんですか？」

「いえ。小笠原マリが、向うで亡くなったという連絡が、今、あったのです」

と、男の声がいう。

十津川の顔が、険《けわ》しくなった。

「亡くなったというのは、どういうことです？」

「向うの空港内で、殺されて、同じ飛行機のクルーが、和歌山県警の取調べを受けているというのです。それで、彼女に会っていただくことが出来なくなりました。それを、お知らせしようと思いまして」

「それは、本当なんでしょうね？」

と、十津川は、きいた。

「本当です。詳細は、こちらでは、把握できなくて、困っています」

「わかりました」

と、十津川は、いったあと、和歌山県警に電話をかけた。

その電話は、南紀白浜の警察署に廻され、木村《きむら》という警部が、出た。

十津川が、東京の事件について話し、小笠原マリの事情聴取をしようと思っていたと告げると、木村は、

「彼女は、午前十時三十五分頃、南紀白浜空港内のトイレで、首を絞められた恰好で、発見されました。のどには、ロープの跡が、ついていました」

「十時三十五分ですか？」

「彼女は、一〇時五五分発の羽田行の382便に乗ることになっていました」

「それは、知っています。クルーから、事情聴取をされたと聞きましたが」

「全員が、一〇時五五分の出発に備えて、空港内に待機していましたので、アリバイが無いといえば、無いのです」

と、木村は、いう。

「それでクルーは、今、そちらで、まだ事情聴取を受けているんですか？」

「いや、一時間おくれで、出発させました」

「というと、一一時五五分に出発した？」

「そうです」

「そうすると、こちらに着くのは、一三時ちょうどか」

十津川は呟《つぶや》く。あと、一時間は、あるのだ。

十津川は、木村に向って、

「本件について、わかったことは、FAXで、送って下さい」

と、頼み、亀井を促《うなが》して、羽田空港へ行ってみることにした。丁度、南紀白浜からの飛行機が着く頃に、空港に行けるだろう。

「妙なことになって来ましたね」

パトカーの中で、亀井が、いう。

「エリート殺しの容疑者が、殺されてしまったんだからね」

「同一犯でしょうか？」

「二人を憎んでいた人間ということか？」

「そうです。そうなってくれば、それはそれで、事件の解決は、早いと思いますが」

「幸福な二人を憎んでいた男？」

「或いは、女です」

と、亀井が、いう。

「嫉妬《しっと》からの殺人――か？」

「はい」

「しかし、二人とも殺すかな？　男が犯人なら、そいつは、小笠原マリが好きで、小林努に嫉妬して、犯行に走ったことになる」

「そうですね」

「そういう場合、犯人は、男を殺すが、女は、殺さないんじゃないか。女が犯人なら、逆に、女は殺すが、男は、殺さない――？」

「いや、二人とも殺す場合があると思いますよ。特に、犯人が、男の場合は」

と、亀井は、いった。

確かに、女が犯人の場合は、裏切った男を殺さずに、相手の女を殺す。男は、二人とも殺してしまうだろうか？

羽田空港には、午後一時十分前に着いた。

南紀白浜からのＪＡＳ３８２便は、まだ、到着していなかった。

空港内にあるＪＡＳの事務所は、騒然としていた。職員は、当惑し、小声で囁《ささや》き合っている。十津川と、亀井が入って行くと、その声が、ぴたりと止んで、一斉に、二人を見た。

十津川は、警察手帳を示し、井上《いのうえ》という所長に会った。

「私も、困惑しています。こんなことは、初めてなので」

と、井上は、眉を寄せて、十津川に、いった。

「間もなく、382便が着きますね。そうしたら、小笠原マリさんと一緒に、381便に搭乗したエア・ホステスに会いたいのです」

「着陸次第、ここに、来るようにいいましょう」

「もう一つ、381便の乗客名簿も見たいのですが」

「それなら、ここにあります」

井上は、その名簿をコピーして、十津川に、渡してくれた。今日の南紀白浜行の381便の乗客は、七十九名になっていた。

「帰りの382便の乗客名簿も、欲しいんですがね」

と、十津川は、いった。

「それは、南紀白浜空港から、FAXで、送られてきています」

井上はいい、そのコピーも、渡してくれた。

十津川と、亀井は、その二つの乗客名簿を、比べてみた。

帰りの382便の方は、乗客数は、五十二名と少かった。

十津川が、知りたかったのは、二つの乗客名簿に、同一人の名前があるかどうかということだった。

る。

もちろん、国内航空では、偽名で乗ることが出来る。だから、南紀白浜行の381便と、帰りの382便で、同一人が、別の名前で乗っていることも、十分に考えられる。

八分おくれて、JAS382便が、到着した。

井上は、加藤知美《かとうともみ》というエア・ホステスを、十津川に、紹介してくれた。

十津川は、事務所の中では、話しづらいことがあるのではないかと考え、彼女を、空港内の喫茶店へ、連れて行った。

顔色は、さすがに、まだ青いが、落ち着いて、喋《しゃべ》ってくれた。南紀白浜から、羽田までの一時間余りが、彼女を、落ち着かせたのだろうか。

「向うに、一〇時一〇分に着いて、一〇時五五分の出発まで、時間があるので、控室で、休息をとるんです。マリは、空港の中を、見てくるといって、控室を出て行きました。新しい空港だから、魅力があるんで、私も、よく見て歩きます。ただ、今日は、集合時間になっても、マリが、戻って来ないので、探しました。そうしたら、トイレの中で、彼女が、死んでいたんです」

亀井が、いった。

「ありませんね」

「女子用トイレ？」

「ええ。ドアに、故障中の札がかかっていたんで、なかなか見つからなかったんです」

「故障中の札がね」

十津川は、呟く。犯人は、そうやって、発見されるのを、おくらせたのか。

「彼女に、恋人がいるのは、知っていましたか？」

と、十津川は、きいた。

「ええ。N商事のエリートサラリーマンです。彼女に紹介されたことがありますわ」

「実は、小林というその恋人も、今朝、自宅マンションで、殺されていたんです」

「え？　まさか――」

「それを知らずに、彼女は、381便に乗って、出発したんだと思います。飛行機の中での彼女の様子は、どうでしたか？　変ったところがありましたか？」

「いいえ。いつもの通り、てきぱきと、動いていましたわ。ときどき、冗談をいったりして」

「すると、やはり、知らなかったということになるのか――」

「小林さんが、死んだというのは、本当なんですか？」

加藤知美は、まだ信じられないという顔で、きいた。

「青酸による毒死です」

「殺されたんですか？　それとも、自殺を？」

「十中、八、九、殺されたと、思っています」

と、十津川は、いった。

「向うの空港に、白浜温泉の温泉まんじゅうを、売っていますか？」

亀井が、横から、きいた。

「温泉――？」

「温泉まんじゅうです」

「ええ。売っていますわ。それが何か？」

「あなたは、それを、お土産《みやげ》に、買って帰ったことがありますか？」

「ええ。一度だけ、買って帰りましたわ。それが何か？」

「小林さんは、朝起きて、それを食べ、その途中で死んでいるんです」

と、十津川が、いった。

「じゃあ、そのおまんじゅうの中に、毒が？」

「それは、まだわかりません」

と、十津川は、いってから、381便と、382便の乗客名簿を、知美の前に置いて、

「同じ名前の乗客はいないんですが、381便の客の中に、そのまま、帰りの382便に乗って、東京に戻って来た人はいませんか？」

「同じ人ですか？」

「そうです。同じ人が乗っていれば、気がつきますか？　別の名前でも」

「そりゃあ、気がつきますわ。その日の中《うち》に、帰るんですもの。変だなと、思いますわ」

と、知美は、いった。

「あなたは、ストーカーに狙《ねら》われたことがありますか？」

亀井が、きいた。

「なぜ、そんなことを？」

「エア・ホステスというのは、魅力があるから、ストーカーに狙われやすいのではないかと思いましてね」

「無言電話は、よくかかって来ますわ」

「マリさんは、どうでしたかね？　ストーカーの恐怖について、あなたに、話したこ

とはありませんか？」

と、亀井が、きくと、知美は、初めて、微笑して、

「もし、そんなことがあったら、わたしにではなく、恋人の小林さんに、相談していると思いますわ」

と、いった。

十津川は、彼女から、小笠原マリの自宅の住所を聞いて、空港を出た。

マリの自宅は、渋谷区本町のマンションだった。二人は、パトカーを走らせた。

甲州街道に面した七階建てのマンション。その302号室である。

管理人に開けて貰って、中に入った。机の上には、小林努の写真が、額に入れて、飾ってあった。

「相思相愛というやつか」

十津川が、呟く。その関係を、断ち切った奴がいるのだ。

2DKの部屋である。

普通の若い女性の部屋だった。旅行が好きなのか、仕事で、日本の各地へ飛ぶのか、鳩車とか、赤べことか、各地のオモチャが、サイドボードに飾ってある。ハワイのお土産らしきものもあった。

「警部！」

と、奥の部屋から、亀井が、呼んだ。

十津川が、入って行くと、亀井が、黙って、壁を、指さした。

そこは、寝室に使っているらしく、ベッドが置いてある。

そこの壁に、赤いエア・ブラシで、ただ、一言、

〈死ね！〉


と、書かれている。いや、吹きつけてあると、いった方がいいのか。

インクは、もう乾いている。だが、吹きつけた時の勢いの激しさを示すように、インクがたれて流れ、余計に、おぞましい空気を作っていた。

「犯人――ですかね？」

亀井が、きく。

「多分ね」

十津川も、短かく、いった。眼の前の殴り書きを、どう、解釈したらいいか、考えているのだ。

二人は、鑑識に、あとのことを頼み、一緒におりて、管理人に、小笠原マリのことを聞いた。

「彼女が、今朝、何時頃、出たか、それを知りたいんですがね」

十津川がいうと、管理人は、

「今日は、第一便の搭乗とかで、六時半頃、出ていかれましたよ。いつもの通り、私に、お早ようございますといって」

「そのあと、彼女の部屋に入った人間がいる筈なんだが、知りませんかね？」

「知りません。そんな人がいたんですか？　カギは掛かっていたんじゃありませんか？」

「誰か、合いカギを持っていたか、錠を開けるのが上手《うま》い人間が、部屋に入ったんですよ」

「昼頃まで、私は、マンションの中を、見に戻っていませんから、そういわれても

――」

「いや、あなたを非難しているわけじゃありません」

「刑事さん、私は、管理会社の社員で、二つのマンションの管理をやらされているんです。ですから、ここのマンションだけ、見張っているわけにも、いかないんです」

「わかっています」

十津川は、軽く、管理人の肩を叩《たた》いた。

同一犯人が、小林努と、小笠原マリを毒殺したとすれば、まず、小林を毒殺し、続いて、マリを殺そうとして、彼女のマンションに来たが、彼女は、すでに、羽田に向って、出てしまっていた。

犯人は、彼女の部屋の壁に、「死ね！」と、エア・ブラシで、吹きつけ、その怒りを持ったまま、羽田に向った。

マリは、エア・ホステスだから、早く出勤したが、犯人の方は、乗客だから、時間がおそくても、午前八時五五分発のＪＡＳ３８１便に間に合ったのだ。

犯人と、狙われたマリは、同じＪＡＳ３８１便で、南紀白浜に向って、飛んだ。

一〇時一〇分、南紀白浜着。その空港で、犯人は、マリを殺害した。そういうことなのだろう。

十津川と、亀井は、捜査本部に、戻った。

小林努の解剖結果が出たのは、その一時間後だった。

死因は、やはり、青酸による窒息死。

死亡推定時刻は、今日十一月九日の午前八時から九時の間。

胃の中から、コーヒーと、まんじゅうの消化中の残りが、検出された。

更に、科研からは、コーヒーの中には、青酸反応はなく、温泉まんじゅうの全てから、青酸カリが、検出されている報告が、届いた。

犯人は、一箱十コ入りのまんじゅうの全てに、致死量の青酸を混入させておいたことになる。

また、温泉まんじゅうの箱からは、殺された小林の指紋しか、検出されなかったという。

この報告を受けて開かれた捜査会議で、十津川は、次のように、今度の事件を、推理して見せた。

「同一犯人として、話を進めます。小林努殺しに使われた南紀白浜の温泉まんじゅうの箱に、小林の指紋しかなかったということは、恋人の小笠原マリが、持参したものではないということです。それなら、当然、彼女の指紋がつきます。また、郵便や、宅配で届けられたものでもありません。それらしい包み紙もありませんでしたし、伝票も見つかっていません。となると、犯人が、手袋をはめて、直接、持って行き、ドアの郵便受けにでも放り込んでおいたものと、思います。今日、日曜日、いつもより、ゆっくり起きた小林は、パジャマのまま、新聞を取り出し、一緒に、まんじゅうの箱を見つけます。南紀白浜の温泉まんじゅうだから、彼にとって、心当りがあるのは、JASのエア・ホステス小笠原マリだけです」

「彼女に、電話して、確めたと思うがね？」

三上本部長が、質問した。

「多分、電話したと思います。それに、礼をいうために。しかし、マリは、第一便に搭乗のために自宅マンションを出ていたので、つかまらなかったんだと思います。しかし、小林は、別に疑わなかったと思いますね。彼女は、南紀白浜から、小林へのみやげに、温泉まんじゅうを買ってきた。だが、今日、早い勤務なので、羽田への途中で、寄って、郵便受けに入れておいたのだろうと。そこで、小林は、パジャマのまま、コーヒーをいれ、まんじゅうを朝食がわりに、食べ始めた。だが、突然の激痛。小林は、呻き声をあげ、助けを求めようと、入口に、這《は》って行った。たまたま、通りがかった管理人が、驚いて、ドアを開けたというわけです」

「犯人は、どうしたと思うのかね？」

「小林に、青酸入りのまんじゅうを配っておいて、その足で、小笠原マリのマンションに、向ったものと、思います。しかし、すでに、彼女は、羽田へ向って、出てしまっていました。犯人は、彼女の部屋に入り、壁に、赤いエア・ブラシで、『死ね！』

と、書きつけたのです」

「犯人は、なぜ、そんなものを、持っていたのかね？」

「多分、マンションで、彼女を殺したあと、赤いエア・ブラシを使って、思いのたけというか、恨みのたけを、壁に、書きつけるためだったと思います。だが、彼女はいなかった。そこで、壁に『死ね！』と、吹きつけたんだと思いますね」

と、十津川は、いった。

「犯人は、カギを持っていたと考えるのか？」

「錠を開ける技術を持っていたことも考えられますが、私は、何らかの理由で、合いカギを作って、持っていたんだと思います。錠をいじった形跡はないということですから」

「そのあとは？」

「犯人は、小笠原マリを追いかけたんだと思います。彼女が乗るＪＡＳ３８１便に、犯人も、乗り込んだに違いありません」

「向うの南紀白浜空港で、彼女を殺したというわけだな？」

「そうです。この推理が当っているとしますと、犯人は、この３８１便の乗客名簿の中に、いることになります」

十津川は、そのコピーを、みんなに配った。

三上は、七十九名の乗客名簿に、眼をやって、

「この中に、犯人がいるのなら、一人ずつ、洗っていけば、簡単に、犯人に行きつくんじゃないのかね？」

「七十九名が、全て、本名なら、そうだと思います。しかし、犯人は、偽名で、乗ったということが、考えられます。小笠原マリを殺しに行ったんですから。そうなると、犯人を見つけるのは、そう簡単じゃありません」

十津川は、いい、次に、南紀白浜発、羽田着の382便の五十二名の乗客名簿を、配った。

「犯人は、ひょっとすると、向うの空港で、マリを殺しておいて、382便で、また、羽田に引き返しているのではないかとも考えました。そこで、382便の名簿も、見ることにしたのです」

「しかし、犯人は、偽名を使ったと、君は、思っているんだろう？　そうなれば、いくら、乗客名簿を見ても、わからんだろう？」

「ですから、同機に搭乗した加藤知美に会って、乗客のことを聞きました。彼女は、381便で、南紀白浜に行き、382便で、羽田に戻っています。彼女は、両方に乗

っていた乗客は、いなかったと、いいました」

「と、いうことは？」

「犯人は、まだ、南紀白浜にいるか、列車、自動車で、白浜を離れつつあるかどちらかですが、ＪＡＳで、戻って来ていないことだけは、間違いありません」

と、十津川は、いってから、

「一六時〇五分に、南紀白浜行の第二便が、出発します。まだ、間に合うので、亀井刑事と、向うへ行って来たいと思います」

と、付け加えた。

3

十津川と、亀井を乗せたＪＡＳ３８５便は、南紀白浜に向って、離陸した。

「今日が、日曜日で、小林努のことが、調べられないのが、痛いですね。それだけ、捜査がおくれますから」

と、亀井が、座席のベルトを外してから、十津川に、いった。

「犯人は、それを狙った気配がある」

十津川は、南紀の地図に、眼をやりながら、いう。

「犯人が、狙いましたか？」

「ああ。小林が、日曜だから、ゆっくり起きるだろうということをね。そうなれば、小笠原マリに電話して、温泉まんじゅうのことを、確められなくなるからね」

「犯人は、どんな人間だと思われますか？」

「男か女かも、まだわからないが、多分、若いとは、思うね。壁に、赤いエア・ブラシで、『死ね！』なんて書くのは、若者だ」

と、十津川は、いった。

「普通は、スプレーを使うでしょう？　なぜ、エア・ブラシを使ったんですかね？」

「犯人が、いつも、使っているか、或いは、それが、たまたま、身近にあったか」

「前者だと、犯人を特定する要素になるかも知れませんね」

と、亀井は、いった。

南紀白浜空港に着いた時は、すでに、陽が暮れて、暗くなっていた。もう初冬なのだ。

一九九六年三月に完成した空港は、真新しい。真新しく、可愛らしい空港である。

二人は、二階のレストランで、少し早目の夕食をすませることにした。

窓から、滑走路が見える。

二人の乗って来た、ジェット機が、駐《と》まっている。あれは、一七時五五分、386便になって、羽田へ戻って行く。

「犯人が、あれに乗って、東京に帰るということは、考えられませんか？」

亀井が、運ばれてきたカツ丼を食べながら、きいた。

十津川も、同じ七百円のカツ丼を注文している。箸《はし》を、手に取って、

「それはないと、思うね」

「ありませんか？」

「犯人は、素早く、382便で、東京に戻っていない。客の少なくなった386便で、東京に戻るとは、とても思えないね。東京に帰るのなら、列車を使うだろう。その方が、ずっと安全だ。紀勢本線で大阪に出て、大阪から、新幹線に乗ればいい。この空港からは、東京以外に、福岡と、広島に飛んでいる。福岡行は、日曜は飛んでいないから、広島行に乗って逃げたということは、考えられる。南紀白浜発は、一四時二五分の一便だけだが、小笠原マリを殺してから、ゆっくりと、この飛行機に乗れる」

と、十津川は、いった。

そのあと、二人は、黙って、カツ丼を食べた。

空港内の派出所に、県警の木村警部がいて、部下の刑事と一緒に、引き続き、聞き込みなどをやっていた。

十津川と、亀井は、木村に、現場の女子トイレに案内して貰った。

問題のトイレには、死体が発見された時と同じように、「故障中」の札が、下っていた。

ボール紙に、赤いエア・ブラシで、書いたものだった。

「犯人は、妙な文句も、トイレの壁に、書き残しています」

と、木村は、いった。

なるほど、狭いトイレの中の壁に、これも、赤いエア・ブラシで書いたものと思われる文字があった。

〈まだ、終っていないぞ！〉

そうあった。

「小笠原マリのマンションにあったのと同じ文字に見えますね」

と、十津川は、木村に、いった。

「すると、犯人は、まだ誰かを殺す気ですか？」

木村が眉を寄せて、いった。

「多分そうでしょう」

「それを、警察に、通告した積りですかね？」

「或いは、自分自身を奮い立たせるために、書いたか」

「どんな奴ですかね？　犯人は」

「明日になれば、少しは、わかってくると思います」

「明日に？　なぜです？」

「東京で殺された小林は、N商事で働いていました。明日は、そのN商事に行って、いろいろと、聞けますから」

と、十津川は、いった。

「小笠原マリの司法解剖の結果、意外なことがわかりました」

木村が、間を置いて、いった。

「死因が違っていたんですか？」

「いや、首を絞められたことによる窒息死でした。ロープを使って、絞められたと思われるのですが、そのロープは、見つかっていません。死亡推定時刻は、今日の午前十時から十一時の間で、これも、予想された通りです」

「すると、何が？」

「彼女は、妊娠していました。三ヵ月です」

と、木村は、いった。

「それで、飛行機に乗っていたんですか」

「そうです。目立たなかったので、誰も、彼女が妊娠していると、気付かなかったみたいです」

「そういえば、同僚のエア・ホステスも、何もいっていませんでしたね」

「彼女にすれば、その中《うち》に、休みを取ろうと思っていたんだろうと思いますがね。まあ、犯行の時刻は限られているので、その時刻に、女子トイレ付近で、怪しげな人間を見なかったかと、聞いて廻っていますが、まだ、目撃者は出ていません」

と、木村は、いった。

「胎児の血液型は、わかりますか？」

「B型です。誰の子かも、事件解決のキーになりますね」

「小林と、小笠原マリの血液型も、調べる必要がありますね」

と、十津川は、いった。

十津川は、県警のパトカーで、海岸沿いのホテルまで送って貰い、今日は、泊ることにした。

部屋に入ると、十津川は、東京の西本刑事に、電話した。

「明日九時になったら、日下刑事と、N商事に行ってくれ」

「わかっています」

「こちらで殺された小笠原マリは、妊娠三ヵ月だった。胎児の血液型はBだ。小林と、マリの間の子かも調べて欲しい」

「すぐ、二人の血液型を調べます」

電話がすむと、十津川は、亀井に、

「折角、白浜に来たんだ。温泉に入って来ようじゃないか」

と、いった。

二人は、五階にある大浴場に、行った。大きな窓ガラス越しに、夜の太平洋が、見えた。遠くに、漁船の灯がまたたいている。

亀井は、少し太った身体を、湯舟に、沈めてから、

「犯人は、今、何処にいるんでしょうか？」

「私は、この白浜に、まだ、いるような気がしているんだよ。あくまで、勘なんだ

が」

十津川も、ぬるめの湯につかりながら、いった。

「いるとすれば、何故《なぜ》、動かないのか」

「白浜に、何か、用があるのかも知れない」

「それは、三人目を、ここで、殺すということですか？」

「あのトイレの文字か」

「そうです。『まだ、終っていないぞ！』と、書いています。まともに考えれば、犯人が、まだ、誰かを殺す気でいるということになりますから」

と、亀井は、いった。

その時、十津川は、突然、今頃、犯人も、同じように、温泉に浸っているのではないかという考えが、頭をよぎった。

その考えは、小笠原マリの自宅マンションの壁と、空港のトイレの壁に書かれた激越な文句とは、相容れないのだが、なぜか、十津川は、今、頭をよぎった思いを、すぐには、捨て切れなかった。

ぬるい温泉なので、長く入っていても、のぼせる心配はない。

十津川は、その考えを、亀井に話そうかどうか、迷った。亀井が、反対するに決っていたし、十津川自身、理性的に考えて不自然だと思ったからである。

だが、黙っていると、自分を、持て余してしまいそうで、十津川は、わざと、冗談めかして、

「いい湯だねえ。犯人も、この白浜にとどまっていれば、同じように、温泉に、入っているんじゃないのかな？」

と、いってみた。

亀井は、案の定、

「まさか！」

と、笑った。

「やはり、犯人は、温泉に入る余裕はないかな？」

「ないでしょう。何しろ、一日に、二人も殺しているんですから。まあ、一人は、直接手を下したわけではなく、被害者が、青酸入りの温泉まんじゅうを、食べて死んだわけですが」

と、亀井は、いった。

彼は、そのまま、じっと、湯につかり、窓の外の夜景を見つめていたが、音を立てて、浴槽から出たあと、

「さっきの警部の話ですが、私も何だか、犯人が、温泉に入っているような気がしてきました」

「別に、私に、気を使ってくれなくてもいいよ」

「いいえ。そうじゃありません。赤いエア・ブラシで書かれた犯人の言葉と、温泉とは、似合わないと思っています。今も、犯人は、夜の闇を睨んで、まなじりを決している。そんな姿が浮ぶんですが、ふっと、いや、のんびり温泉に入って、二人の人間が死んだことを、ニヤニヤ笑いながら、思い出しているのではないか。そんな姿が浮んでくるんです」

と、亀井は、いった。

自分たちの部屋に、戻ってからも、亀井は、その考えを、持て余しているような顔をしていた。

十津川は、すぐには、布団に入らず、椅子《いす》に腰を下し、煙草《たばこ》をくわえて、考え込んでいた。

（いったい、どんな犯人なのだろうか？）

犯人像を思い描くのは、どんな事件でも、必要なことである。

今回の犯人は、南紀白浜の温泉まんじゅうを使って、小林努を、毒殺した。小林が、恋人の小笠原マリからのおみやげと思い込むようにし、その確認が電話でとれないように設定している。だから、日曜日、彼女が、南紀白浜行第一便に搭乗する日を選んだに違いない。

とすると、犯人は、小笠原マリのマンションに行き、彼女が、出てしまっているので、殺すタイミングを逸して、腹を立て、彼女の部屋の壁に、「死ね！」と、書いたと考えてきたのは、ひょっとすると、間違っているかも知れない。

犯人は、日曜日という日を選んだり、時間も計算して、動いている。

と、すれば、今日、小笠原マリが、第一便に乗るので、早く、マンションを出ることは、当然、計算したのではないか。

と、すると、犯人は、彼女がいないのを承知して、彼女の部屋に入ったことになる。

だから、彼女がいないことに、腹を立てるわけがない。むしろ、計算どおりと、思った筈《はず》である。それなのに、なぜ、エア・ブラシを使って、壁に、「死ね！」などと、書きつけたのか？

自分の感情を、ふるい立たせるためということが、まず、考えられる。小笠原マリを、殺さなければならないところだったからである。

しかし、計算どおりだと、ほくそ笑む姿とは、相容れない。

それに、警察に、犯人としての一つの証拠を残してしまうことになる。エア・ブラシを使って書いた文字だといっても、筆跡は、わかってしまうからだ。

犯人は、その時、南紀白浜行のＪＡＳ381便に、乗ることを、決めていたと思われる。あのマンションで、管理人が、閉まっている彼女の部屋を開けることはあり得ないとは、考えていただろうが、もし、ＪＡＳ381便が、南紀白浜に着く一〇時一〇分までに、壁の文字が、発見されていたら、当然、白浜空港には、警戒の刑事が派遣され、彼女の周辺は、ガードされてしまう筈である。

そんな危険があるのに、犯人は、なぜ、エア・ブラシで、「死ね！」などと、書いたのかということになる。

犯行の日時を計算する、冷静な犯人像と、壁に「死ね！」と書いた犯人像は、どうしても、うまく合わないのだ。

「間違っている」

と、十津川は、呟いた。

亀井が、それを聞き咎《とが》めて、

「何が、間違っているんですか？」

と、きいた。

「犯人像だよ。うまく、重なってくれないんだ。あの赤いエア・ブラシを使って書いた激しい文句と、冷静な行動が、うまく、一致しないんだよ」

「冷静なくせに、激情家でもあるという犯人だって、いますよ」

と、亀井は、いった。

「そうかな?」

「警部だって、その一人じゃありませんか」

亀井にいわれて、十津川は、

「私が?」

「警部は、犯人じゃありませんが、激しく、犯人を憎むでしょう? だが、同時に、冷静に、犯人を追っていく。うまく、重なってくれないかも知れませんよ。追われる犯人にしてみたら」

と、亀井は、いった。

「それとは、少し違うような気がするんだがね」

十津川が、苦笑した時、部屋の電話が鳴った。

亀井が、受話器を取ってから、それを十津川に渡して、

「警部にです」

「十津川です」

「県警の木村です。犯人と思われる人物が、浮びました。それを、お知らせしようと思いまして」

「誰ですか？」

と、十津川は、きいた。

「名前は、わかりませんが、今日の午前十時二十分頃に、あの女子トイレから、飛び出してきた男を、目撃した人間が、出たんです」

「男――？」

「そうです。空港勤務の女子職員ですが、女子トイレから、男が、飛び出して来たので、びっくりしたといっています。しかし、ああ、間違えて入って、あわてて、出て来たんだなと思って、誰にもいわなかったんだそうです。その男は、あわてて、男子トイレに入って行ったからだとも、いっています」

「なるほど。その時、小笠原マリの死体があったトイレですが――？」

「ええ。故障の札は、もう下っていたと、いっています。ですから、その時、すでに、小笠原マリは、殺されていたことになります。犯人は、彼女を殺し、故障の札を下げて、女子トイレを飛び出した。それを、女子職員に、見られたということです」

「それで、とっさに、間違ったふりをして、男子トイレに、逃げ込んだということですか？」

「そう考えていいと思います」

「それで、どんな男だったんですか？」

「二十五、六歳の若い男だったそうです。今、女子職員の証言で、似顔絵を作っています。まあ、とっさに見たので、正確な似顔絵が出来るかどうか、不安ではありますが」

「若い男ですか」

「身長一七五センチくらい。やせ形というのは、間違いないと思っています」

と、木村警部は、いった。

電話が切れると、十津川と亀井は、顔を見合せた。

「やはり、男ですか」

亀井が、いう。

「やはりって、カメさんは、犯人を、男だと思っていたのか？」

「そうです。狭いトイレの中で、首を絞めて殺すには、力が要《い》ります。だから、多分、犯人は、男だろうと」

「なるほどね」

「警部だって、そう思われていたんでしょう?」

「私は、男か女か、決めかねていたんだがね」

と、十津川は、いった。

「それなら、これで、犯人が男とわかって、よかったじゃありませんか」

亀井は、楽天的に、いった。

4

翌、月曜日。

東京では、西本と日下の二人が、新宿にあるN商事の本社を訪ねた。

小林努の上司である営業第一課長に、会って、彼のことをきいた。

「別に、亡くなったからいうんじゃありませんが、非常に有能な人間でしたよ。これから、商社も、大変な時代を迎えますが、そんな時ほど、必要な人材だと思っていたんですがねえ」

と、課長は、いった。

「女性関係は、どうでしたか?」

西本が、きいた。

「近々、結婚すると、聞いていましたよ。実は、私が、仲人を頼まれていたんです」

「相手は、JASに勤める小笠原マリさんですか?」

「ええ、そうです。頭が良くてきれいな人です。二、三度、会っていますが」

課長は、彼女も殺されたことは、まだ、知らないようだった。

課長は、小林のことを、賞《ほ》めちぎったが、彼の同僚や、女子社員に会って、話を聞くと、少し、様子が違ってきた。

仕事は、よくやるという点では、課長の言葉を、そのまま認めたが、女性問題になると、違っていた。

同僚の一人は、自分がいったことは、内緒にしてくれと断ってから、

「女性関係は、かなりルーズでしたよ。もてたからかも知れませんが」

と、いう。

「JASの小笠原マリさん以外にも女が、いたんですか?」

日下が、興味を持って、きいた。

「ええ。クラブの女の子なんかと、よろしくやっていましたよ。会社に、その女が、

乗り込んで来たこともあります。僕なんか、よくもてるなって、羨《うらや》ましかったですがね」

「しかし、小笠原マリさんと、結婚することになっていたんでしょう？」

　日下が、きくと、相手は、笑って、

「子供が出来ちゃったからですよ。仕方なくだって、僕にいっていました。もう少し遊びたかったのにって」

「しかし、小林さんの部屋には、彼女の写真が、飾ってありますがね」

「ああ、彼女、ヤキモチやきらしいから」

　と、同僚は、いった。

「じゃあ、他の女のことで、ごたごたがあったということですね？」

「今もいったように、クラブの女の子が、会社に乗り込んできたこともあるんです」

「いつ頃のことですか？」

　西本が、きいた。

「最近ですよ。十月の下旬頃じゃなかったですかね」

「どこのクラブの何という女か、わかりませんか？」

「わかりません」

「しかし、クラブの女だということは、わかっているんでしょう？」

「それは、小林が、いったんです。割り切って、つき合っているつもりなのに、向うが、本気になって困ったって。最近は、ホステスとも、遊びにくいなって」

「どんな感じの女性でした？」

と、日下が、きいた。

「背のすらりと高い美人でしたよ。僕なんか、あんな美人に、ヤキモチをやかれるんなら、いいじゃないかと思いましたがね」

と、相手は、いった。

女子社員の一人は、そのことを覚えていた。

「あれは、小林さんが悪いわ。もてるのをいいことに、女心をもてあそんじゃいけないわ」

と、彼女は、いった。

西本は、思わず、苦笑して、

「もてあそぶですか？」

「ええ。どうも、小林さんて、本当の遊び人じゃなかったと思うの」

「どういうことですか？」

「本当のドン・ファンって、別れ方が、きれいなもんでしょう？　それに、誘い方も、上手だと思うの。それなのに、小林さんて、結婚をちらつかせて、口説《くど》いていたみたい」

と、その女子社員は、いった。

「結婚をちらつかせてねえ」

「ええ。恋人がいるのにね」

と、彼女は、いった。

5

十津川と、亀井は、その報告を、南紀白浜で受けた。

「今、そのクラブの女というのを調べています」

と、西本は、いった。

「ずいぶん、イメージが、狂って来たな」

十津川は、正直に、いった。

県警の木村警部は、問題の似顔絵を、作って、十津川たちに見せてくれた。

そこには、確かに、二十五、六歳の若い男の顔が、描かれていた。ただ、サングラスをかけ、全体に、ぼんやりしている。

「例の女子職員が、はっきり覚えていないので、はっきりしているところだけを、描いたんです。サングラスと、細面《ほそおもて》だけは、間違いないようです」

「黒っぽいブルゾンと、ありますね？」

「そうです。それも、はっきり、覚えているそうです」

と、木村は、いった。

「この男は、昨日の381便で、東京から、やって来たんでしょうね」

「われわれも、そう思っています。だから、381便の乗客名簿に、のっている筈なんです」

と、木村は、いった。十津川は、

「今、東京で、名簿を洗っています。東京の人間が大部分のようですから」

「期待しています」

と、木村は、いった。

「目撃した女性に、会いたいんですが」

十津川が、いうと、木村は、空港の喫茶室で、会えるように、してくれた。

三十歳くらいの小柄な女性で、名前は、朝井《あさい》みよ子だった。

「確かに、背の高い男の人でしたわ。私が、あの女子トイレに入ろうとしたら、いきなり、飛び出して来たんです。それで、ぶつかりそうになって」

と、朝井みよ子は、いう。

「その男は、そのあと、男子トイレに、入って行った？」

と、十津川が、きいた。

「ええ。びっくりして、見ていたら、男子トイレに入って行ったんで、ああ、間違えて入って、あわてて、出て来たんだと、思いました」

「つまり、あなたは、しばらく、トイレの外で、その男を見守っていたわけですね？」

「しばらくじゃありませんけど──」

「でも、男が、飛び出して行き、男子トイレに入るのは、見ていたわけでしょう？」

十津川は、念を押した。

「ええ。ぶつかりそうになったんで、ちょっと、腹が立ちましたから、その男の人を、睨《にら》んでやったんです」

「睨んで、見ていた？」

「ええ」

「それから、女子トイレに入った？」

「ええ」

「その時、中に、女性はいましたか？」

「いいえ」

「それで、トイレの一つには、故障中の札が、かかっていたんですね？」

「ええ。それは、覚えていますわ」

と、彼女は、いった。

「このことは、誰にもいわなかった？」

「ええ。今もいったように、男子トイレと間違えた男の人が、あわてて、飛び出して来たとばかり、思っていましたから」

みよ子は、怒ったように、いった。上司に報告しなかったことを、十津川に、咎められたと、思ったのだろう。

「その男を、その後、また、見かけましたか？」

亀井が、きくと、みよ子は、

「ええ。見ましたわ」

と、いった。

思わず、十津川は、亀井と、顔を見合せてしまった。

「本当に、見たんですか?」

「ええ」

「いつです?」

「昨日の昼すぎだったと思います」

「何処で、見たんです?」

「空港の二階のレストランですわ」

「滑走路の見える?」

「ええ」

「そこで、男は、食事をしていたんですか?」

「いいえ。丁度、出てくるところでした。私は、遠くから見たんで、似ていると思いましたけど、自信が持てなくて、上司に報告しませんでした。もし、間違っていたら、大変ですもの」

「だが、よく似ていたんですね?」

「ええ」

と、みよ子は、いった。

彼女を帰したあと、十津川は、新しく、コーヒーを二つ注文した。亀井の分もである。

「彼女の話が本当なら、犯人は、男で、しかも、殺したあと、この空港内を、うろうろしていたことになる」

と、十津川は、いった。

「そうです。犯人は、犯行現場に、戻ってくるといいますから」

亀井は、いい、新しく運ばれてきたコーヒーを、口に運んだ。

「しかし、何のために、空港内を、うろついていたんだろう？　しかも、レストランで、食事をしている」

「警察や、空港関係者の反応を見たかったんじゃありませんか」

と、亀井は、いった。

「空港の女子職員に、顔を見られているのにか？」

「或いは、彼女を探して、口を封じようとしていたのかも知れませんよ。彼女の口さえ封じてしまえば、安全だと思って」

「なるほどね。だが、東京では、女が、マークされているんだ。小林努と関係のあったクラブの女が」

「その女は、今回の犯行とは、関係ないのかも知れませんよ」

「と、すると、男は、どう関係してくるのか？」

「多分、小笠原マリに、ふられた男でしょう。それを恨んで、小林を毒殺し、ここで、彼女を殺したんです。彼女を追いかけていたストーカーがいたというじゃありませんか」

「同僚のエア・ホステスの証言だろう？」

「そうです。制服姿のエア・ホステスには、よく、ストーカーがいるといってたでしょう。そんな男が、小笠原マリを追いかけて、JASの飛行機にも、乗っていたんだと思います。当の相手が、全く、無視していても、ストーカーの彼は、どんどん、自分の感情を高ぶらせていって、とうとう、相手を殺してしまう。そんなケースは、前にもありましたよ」

亀井は、思い出すように、いった。

確かに、そういう事件は、あったと、十津川も、思う。だが、あのエア・ブラシの文字は、どう解釈したらいいのか？

「現場のトイレの壁には、『まだ、終っていないぞ！』と、書かれていた――」

「そうです」

「もし、ストーカーの犯罪なら、このあと、何をする気なんだろう？　狙っていた小笠原マリを殺し、彼女の恋人も殺したんだ。完結しているんじゃないのかね？」

十津川は、コーヒーを、前に置いたまま、首をかしげた。

「ひょっとすると――」

亀井が、呟く。

「ひょっとすると、何だい？」

「ストーカーが、犯人だとします。彼は、勝手に、小笠原マリに、恋して、つけ廻していた。が、彼女の方は、気付いていないか、無視していた。男は、自分の感情を押さえ切れなくなって、南紀白浜まで追いかけてきて、彼女を殺してしまった。しかし、このままでは、単なる人殺しです。それで、男は、この南紀白浜で、自殺する。そうすれば、心中になると、男は、考えているのかも知れません。無理心中でも、心中です。男は、そう考え、死に場所を考えているんじゃないでしょうか？　だから、平気で、空港内を、うろうろしていた――」

「つまり、『まだ、終っていないぞ！』というのは、自殺することかね？」

「ひょっとすると――です」

と、亀井は、言った。

6

東京の西本から、二つの報告が、届いた。一つは、小林と関係のあった、ホステスのことだった。

「名前は、堀内真紀子《ほりうちまきこ》。三十歳です。六本木のクラブのホステスで、店での名前は、マキ。小林努と、いい仲だったことは、店のママも、同僚も、認めています。顔写真は、FAXで、送ります」

と、西本は、いった。

「彼女は、今、どこにいるんだ？」

十津川が、きく。

「それが、行方不明です。三日前から、店にも来ていないといいますし、三田村《みたむら》刑事が、彼女の自宅マンションに行きましたが、帰っていません」

「小林とは、どの程度の仲なんだ？　会社へ乗り込んだというから、相当なものだったと、想像がつくがね」

「小林の子供を宿《やど》しましたが、堕《お》ろしています」

と、西本は、いった。

「それは、間違いないのか？」

「間違いありません。その医者に会って来ました。三ヵ月で、堕ろしたそうです」

「それは、彼女が、生みたくなかったからかね？」

「いや。もう三十歳になっていたので、彼女自身は、生みたかったようです」

「すると、小林の方の要求か？」

「と、思います。多分、堕ろしてくれと、いわれたんでしょう」

「それなのに、小林は、恋人の小笠原マリが、三ヵ月と知ると、結婚しようとしていた」

「そうです」

「堀内真紀子は、恨んだだろうね？」

「だから、会社にまで、乗り込んだんだと思います」

「だが、犯人は、男のようなんだ。困っている」

と、十津川は、いった。

電話が、日下に代って、

「日曜日の381便の乗客名簿ですが」

「確か、堀内真紀子という名前は、なかったと思うんだが、偽名で、乗ったかも知れないな」

「と、思います。それで、あの中にある太田和也《おおたかずや》という名前なんですが」

「うん」

「この男は、二十六歳で、小笠原マリのマンションの近くに住んでいます。この男も、今、行方不明です」

と、日下は、いった。

「ストーカーか？」

「小笠原マリのマンションを、いつも、見つめていたというので、令状をとって、彼の部屋を調べてみました。部屋に、エア・ブラシで描いた彼女の肖像画がありました」

「面白いね」

「他に、望遠レンズで撮《と》ったと思われる、彼女の写真も、何枚もありました。太田は、美大を中途退学していますから、絵は、上手《うま》いのが、当然ですが」

「現在は、何をしているんだ？」

「フリーターということになっています」

「フリーターか」

「ああ、南紀白浜のおみやげと思われるものが、いくつかありました。多分、彼女が、南紀白浜へ飛んだとき、同じ飛行機で、太田も、南紀白浜へ行ったんでしょう」

と、日下は、いった。

「彼の写真も、送ってくれ」

「すぐ、FAXで送ります」

と、日下は、いった。

やがて、ホテルのFAXに、女と男の顔写真が送られてきた。

十津川と、亀井は、それを持ってすぐ、南紀白浜署に行き、木村警部に、会った。

木村は、その二枚を、黒板に、貼りつけた。

「この太田和也の写真は、例の似顔絵によく似ています。やはり、間違いなかったんです」

木村は、満足そうに、いった。

「もし、この男が犯人なら、今はやりのストーカーの犯罪ということになりますね」

と、十津川は、いった。

「十津川さんは、反対なんですか?」

「いや。彼が、小笠原マリを、追いかけていたことは、近所の人たちが、認めていますから」

「だが、肝心の小笠原マリが、気付かなかったか、無視していた。太田は、そのことに、腹を立てて、殺したということになって来ますね」

木村は、写真を見ながら、いった。

「典型的なストーカー犯罪――ですか」

「そうですよ」

「となると、トイレの『まだ、終っていないぞ！』というのは？」

「それは、亀井刑事のいうように、殺人を、無理心中にしたいという犯人の覚悟を示したと考えた方がいいんじゃありませんか」

と、木村は、いった。

「ストーカーの美学ですか？」

「と、いうか、自己弁護というか」

「もし、そうだとすると、犯人の太田は、この南紀白浜で、死に場所を探しているかも知れませんね」

と、十津川は、いった。

「そうですね。すぐ、手配して、太田を探しましょう」

木村は、張り切って、いった。

「堀内真紀子の方は、どうしますか?」

亀井が、きいた。

「彼女は、無視していいと思いますね。確かに、動機はあるでしょうが、犯人は、男ですから。それに、昨日の381便にも乗っていないんですから。もちろん、偽名で乗ったことは、十分に、考えられますが」

と、木村は、いった。

和歌山県警は、太田和也の写真を、コピーにとり、それを、刑事たちに持たせて、一斉に、南紀白浜のホテル、旅館を、洗い始めた。

夏のシーズンを過ぎた今、泊り客は少いが、どのホテル、旅館も、改修作業に入り、道路も、工事をしていた。

白浜といっても、広い。白浜温泉の近くには、椿《つばき》温泉もある。

それに、太田和也の本名で、泊っているとは、限らなかった。また、海岸には、民宿も多い。

簡単には、見つからないようだった。

十津川と、亀井は、ホテルに泊り、県警の捜査を眺めていた。

もちろん、ただ、眺めていただけではない。十津川は、やはり、堀内真紀子というホステスのことが、引っかかっていた。

東京の捜査本部にいる西本たちに電話をかけ、彼女について、その後、わかったことを、報告させていた。

火曜日になっても、いぜんとして、堀内真紀子は、行方不明だった。

「クラブにも、自宅マンションにも、姿を見せていません」

と、西本は、報告した。

「彼女が、小笠原マリの存在に気付いていたかを、知りたいんだがね」

十津川が、いうと、西本は、

「それは、知っていたと思います。自分に対しては、お腹の子を堕ろさせておきながら、小笠原マリの子供は、生ませるというので、かっとして、会社へ乗り込んで行ったんですから」

「小笠原マリには、会っているんだろうか？」

「それについては、北条刑事が、答えます」

と、西本がいい、代った。

「堀内真紀子は、車を持っています。ミニ・クーパーという小さな自動車ですが、ご存知ですか？」

と、北条早苗が、いった。

「知っているよ。私の好きな車だ。家内が乗っている」

と、十津川は、いった。

「彼女は、それを、真っ赤に塗って、乗っているんですが、その車が、小笠原マリのマンション近くで、目撃されているんです。それも、何回か」

「そうか。彼女は、小笠原マリが、どんな女か、見に行ったというわけか？」

「それに、私は、女だから、わかりますが、きっと、小笠原マリのことを、調べたと思いますわ。それも、彼女の欠点ばかりを」

と、早苗は、いった。

「女の君は、どう思う？　今回の事件の犯人は、男だと思うかね？　それとも、女の犯行と思うかね？」

十津川が、きいた。

「でも、和歌山県警は、犯人は、男と断定したようですけど」

「そうなんだ。目撃者もいて、ストーカーの太田和也だと断定されている」

「それなら、問題はないと、思いますが」

「しかし、毒殺なんかは、女の犯罪のように、思えるんだがね」

「小林努殺しですね？」

「そうだよ。南紀白浜の温泉まんじゅうに、青酸を混入させておくというのは、女性の犯行のように、思えるんだがね」

「空港に、温泉まんじゅうは、売ってるんですか？」

早苗が、きいた。

「ああ、売っている。今は、保存がきくからね」

「それなら、ストーカーの太田が、小笠原マリを、南紀白浜に、追いかけて行ったとき、空港で、買ったということも、十分に考えられますわ」

「それは、そうなんだが――」

十津川は、気弱になり、あいまいに肯《うなず》いて、電話を切った。

だが、納得したわけではなかった。ストーカーの太田が犯人だとしたら、堀内真紀子は、どうなるのか？　彼女が、いまだに行方不明というのは、どういうことなのか？

四日目の水曜日の午後になって、県警の木村警部から、知らせがあった。

「太田和也を見つけましたが、死んでいました。すぐ来て下さい」

と、木村は、いう。

十津川は、亀井と、自殺の名所といわれる、白浜の三段壁《さんだんぺき》へ駈けつけた。

太平洋に向って、何十メートルという断崖《だんがい》が続いている。

今は、そこに、展望台も作られてはいるが、自殺の名所であることに、変りはない。

いのちの電話を設けて、苦しいことがあれば、その電話を使いなさいと書いたり、観音様を飾ったりしているのだが、やはり、自殺は、多いらしい。

二人が着くと、待っていた木村が、海上を指さして、

「今、船で、太田の遺体を収容したところです」

と、いった。

海上には、漁船が三隻、出ていた。

「太田和也に間違いないんですか？」

十津川が、きいた。

「間違いありません。それに、これ」

と、いって、木村は、ポリ袋に入れたエア・ブラシを、十津川と、亀井に、見せた。

実物は、かなり、大きなものだった。

「中に、赤い絵具が、入っています」

と、木村は、いった。

「何処にあったんですか？」

「向うの断崖の上です。あそこから、飛び込んだんだと思いますね」

「何か、書き残してから、死んだんですかね？」

「地面に、書いてあります」

と、木村が、いう。

そこへ行ってみると、地面、というより、岩の上に、赤いエア・ブラシで、

〈これで、完全！〉

と、書いてあった。

「完全か」

と、十津川は、呟いた。

下を見ると、何十メートルも下で、波が、岩に当って、白く砕けている。

「何が完全だ」

十津川は、腹が立った。これで、小笠原マリと、心中できたことになるとでも、いうつもりなのか。

太田和也の遺体は、遠い白良浜《しららはま》の海岸まで、漁船で運ばれ、陸地に、引き揚げられた。

断崖の上から落ちた時、直下の岩礁にでも、ぶつかったのだろう、太田の身体は、傷だらけだった。多分、それで、気を失い、そのまま、溺死《できし》したのだろう。

それでも、念のため、司法解剖のため、遺体は、大学病院へ運ばれて行った。

「あとは、太田が、何処に、泊っていたかです」

と、木村は、いった。

彼の死んだことが、テレビでも報道されたので、ホテルの一つが、すぐ、警察に、連絡してきた。

Rホテルという、白浜から少し離れた椿温泉のホテルだった。

十津川と、亀井も、木村と一緒に、そのRホテルに行って、話を聞いた。

フロント係は、刑事たちの質問に対して、

「間違いなく、あのお客は、私どもに、お泊りでした」

と、いい、宿泊カードを見せた。

それには、太田和也と、本名が記入されていた。

チェック・インしたのは、日曜日である。

「夕方、お着きになりました。予約はされてなかったですが、部屋が空いていたので、お泊めしました」

と、フロント係は、いった。

「ひとりで、来たんですか？」

十津川が、きいた。

「はい。おひとりでした」

「予定は、一週間になっていますね？」

木村は、宿泊カードを見ながら、いった。

「はい。一週間ぐらいといわれて、記入されたんです」

「毎日、何をしていたんだ？　この太田和也は？」

「うちは、二食付きですので、朝食のあとは、毎日、散歩に出ていらっしゃいました」

「散歩？」

「はい」

「誰か訪ねて来たことは？」

「ありません」

「電話は？」

「それも、ありませんでした」

と、フロント係は、いう。

「荷物があれば、見せてくれないかね」

と、木村が、いった。

太田和也が、泊っていたのは、八階の海の見える部屋である。

ルイ・ヴィトンのボストンバッグが、一つ、残っていた。

三人の刑事が、その中身を、調べた。

着がえのシャツや、パンツ。三十万円余りの現金。そして、小笠原マリの写真が五枚。全て、望遠レンズで、撮ったらしい。

飛行機の中の写真もある。隠し撮りしたのだ。

「バッグの中が、きれいですね」

と、十津川は、いった。

「いけませんか？」

木村が、きく。

「赤い絵具の入ったエア・ブラシを持っていたんだから、ボストンバッグの中も、絵具で、汚れていると、思ったんですが」

「多分、エア・ブラシは、汚れないようにポリ袋にでも入れていたんでしょう」

と、木村は、いった。

「すると、自殺するときは、エア・ブラシだけを持って、三段壁へ行ったことになりますね」

亀井は、首をかしげて、いった。それなら、ひどく目立つのではないか。

同じ、疑問を、十津川は、感じていた。

小林と、小笠原マリが殺された日曜日、南紀白浜空港で、女子トイレから飛び出して来た太田が、空港の女子職員に、目撃された。

太田は、その時も、エア・ブラシを持っていた筈なのだが、その女子職員は、そのことに、一言も触れていない。

十津川と、亀井も、彼女から話を聞いているが、エア・ブラシのことは、聞かなかった。危うく、ぶつかりそうになったから、太田の手元は、見ていなかったのか？

「もちろん、持って行ったでしょう。だから、三段壁の現場に、文字が書かれていたんだし、エア・ブラシが、置かれていたんです」

木村は、当り前だろうという口調で、いった。

十津川は、ホテルのフロント係に聞いてみたが、エア・ブラシについては、覚えていないという返事だった。

だが、十津川は、引っかかった。

亀井は、もう一度、女子職員、朝井みよ子に会ってみた。

問題のエア・ブラシを見せ、

「女子トイレから飛び出してきた男は、これを手に持っていた筈なんですがね。剝《む》き出《だ》しだったか、何かに包んであったかは、わかりませんが」

みよ子は、エア・ブラシを手に取って、

「ずいぶん、大きなものですわね」

「そうです」

「覚えていませんわ」

「持っていたかどうかわからない？」

「ええ」

「持っていたら、記憶に残っているんじゃありませんか？」

「そういわれても——」

と、みよ子は、困惑の表情になった。

(覚えていないということは、太田が、手に何も持っていなかったということではないのか)

「ボストンバッグは、持っていませんでしたか?」

亀井が、きくと、今度は、はっきりと、

「そんなものは、持っていませんでしたわ」

と、みよ子は、否定した。

太田は、ルイ・ヴィトンのボストンバッグを持っていた。とすると、女子トイレで、目撃された時は、コインロッカーにでも、預けておいたのだろう。そして、エア・ブラシだけを持って、小笠原マリを探し、女子トイレで、殺したのか?

(どうも、ぴったり来ないな)

と、十津川は、思った。

十津川は、また、西本に電話をかけ、太田和也の部屋で見つかった絵のことについて、聞いてみた。

「エア・ブラシで、絵は描いていると聞いたが、字は、どうなんだ?」

「サインですか?」

「普通の文字だよ。言葉だ。次はお前だといった言葉だ」

「ローマ字のサインは、エア・ブラシでしていますが、普通の言葉が書かれたものは、一つもありませんね。字は、普通の筆で、書いていたんじゃありませんか」

と、西本は、いった。

もともと、エア・ブラシは、絵を描くものなのだろう。それで、犯人は、なぜ、犯行声明なんか、書いたのか。普通のスプレーを、なぜ、使わなかったのか? その方が、容器は小さくて持ち運びが便利だし、どこでも、手に入れやすい筈なのだ。

いつも、エア・ブラシを使っていたからか? しかし、エア・ブラシで、文字を書いたことはなかったのだ。ローマ字のサイン以外は。

「引っかかるね」

と、十津川は、亀井に、いった。

「私には、もう一つ、引っかかることがあります」

亀井が、いう。

「エア・ブラシの他にかね?」

「そうです。ストーカーの太田が、犯人だとして、小笠原マリを殺したことは、納得ができます。しかし、小林努を殺したことが、納得できないんです。太田は、マリを独占し、自分のものにしたいから、殺したわけでしょう。それなら、小林まで殺す必要はないと思うのです。ライバルと思って殺したのなら、そのあと、また、彼女を付《つ》け狙《ねら》うんじゃないでしょうか？　小林が消えたあとの彼女の行動を、観察しようとするんじゃないか。それなのに、太田は、同じ日の中に、彼女を殺してしまった。これが、引っかかるんです」

「太田が、小林まで殺すのは、おかしいというわけだね？」

「ストーカーというのは、ただ、ひたすら、目標の女性だけを見ていて、彼女が、他の男とつき合っていることには、あまり関心がないのかも知れません。というより、それを無視しているから、ストーカーなんじゃないかと思うのです」

「確かに、そうだな。だから、ストーカーは、危険だといわれるんだ。彼女が、他の誰とつき合っているか、いろいろと考えたりする男は、ストーカーには、ならないかも知れないね」

「そう思います」

と、亀井は、いった。

7

南紀白浜署で開かれた捜査会議に参加した十津川と、亀井は、太田和也の死で、事件の終結を宣言しようとする県警と、対立した。

「事件は、まだ終っていないと思っています」

と、十津川は、いい、その理由をあげた。

第一、ストーカーの太田が、小林努まで殺すのはおかしい。目標は、小笠原マリなのだから。

第二は、なぜ、エア・ブラシが使われたのか？　空港の女子トイレから飛び出して来た太田は、それを持っていなかったのではないか。女子職員が、それを見たといっていないのは、太田が、持っていなかったと考えるべきではないのか？

第三は、エア・ブラシで書いた文句である。太田が犯人とすると、あの文句は、いったい、どんな意味があったのか？　最後に、「これで、完全！」と書いたが、ストーカーが、そんな言葉を残して、自殺するものだろうか？

十津川は、この三つをあげた。

「答は、あるのかね？」

と、捜査本部長が、十津川に、きいた。

「一つ、答があります」

と、十津川は、いった。

「いってみたまえ」

「ただ、終結宣言は、出来なくなります」

「構わない。県警と、警視庁の意見が合わないのでは困るからね」

と、本部長は、いう。

十津川は、小さく、咳払《せきばら》いをしてから、自分の考えを話した。

「今回の事件で、ストーカーの太田に注目が集ってしまっていますが、私は、堀内真紀子に、注目したいのです。なぜなら、小林努殺しについては、太田より、真紀子の方が、強い動機があるからです。彼女が、犯人として、推理を進めてみたらどうなるのか。真紀子は、小林が、自分には堕ろせといいながら、小笠原マリには、生ませて、その上、結婚することにした。彼女は、当然、小林に対しても、マリに対しても、激しい憎しみを覚えたと思うのです。そして、真紀子は、マリのことも、いろいろと、調べています。彼女が、ＪＡＳのエア・ホステスで、たびたび、南紀白浜へ行っていることを知ったと思うのです。その上、彼女は、太田というストーカーがいることも、知ったのではないか。知ったことによって、殺人計画を立てたのではないかと思うのです」

「どんな計画をかね？」

「まず、南紀白浜の温泉まんじゅうを買ってきて、それに、青酸を混入させ、毒殺する。そのあと、ＪＡＳの便で、マリと一緒に、南紀白浜へ飛び、向うで、彼女を殺し、その犯人に、ストーカーの太田を、仕立てあげる。そういう計画です」

と、十津川は、いった。

「具体的に、説明してみてくれないかね？」

本部長が、いう。

「ただ、小林を毒殺したのでは、まず、疑われるのは、自分です。これは、仕方がありません。ただ、その疑いを、他の人間に持っていかせられないかと、真紀子は、考えたに違いありません。そこで、考えたのが、エア・ブラシだったと思うのです。真紀子は、マリのことを調べたところ、太田というストーカーがついていることを知り、彼のことを、調べたんだと思います。もちろん、この男を、犯人に仕立てるためです。そして、太田が、エア・ブラシで、絵を描く趣味があることを知った。そこで、エア・ブラシを、道具に使うことにしたのだと思います」

「それが、小笠原マリの部屋の壁に書かれた『死ね！』の言葉か？」

「そうです」

「マンションの合カギを、なぜ、真紀子は、持っていたのかね？」

「多分、小林は、関係の出来た女と、マンションのカギを、交換するクセがあったんじゃないかと思うのです。そうだとすると、小林は、小笠原マリとも、堀内真紀子とも、カギを、交換して持っていた。真紀子は、小林のところへ遊びに行ったとき、マリのカギがあるのを見つけ、ひそかに、合カギを作ったのではないかと思います」

と、十津川は、いった。

本部長が、先を促した。

「それから？」

「真紀子は、日曜日を、殺人計画の実行の日としました。小林を毒殺しやすいからです。南紀白浜のまんじゅうに、青酸を混入しておいて、小林の郵便受けに、放り込んでおきます。小林は、小笠原マリが、くれたものと思い込んで、食べるだろう。真紀子は、確信していたと思います。彼女は、そうしておいて、小笠原マリのマンションに廻ります。この日、南紀白浜行ＪＡＳ３８１便に乗務のマリが、早くマンションを出たのを確め、合カギを使って部屋に入り、持ってきたエア・ブラシで、壁に、『死ね！』の文字を吹きつけました。これは、もちろん、全ての犯行を、太田がやったと思わせるための布石です」

「太田自身の行動は？」

「彼は、そんな工作がされているとは、全く知らず、好きな小笠原マリと一緒に、南紀白浜へ行くために、羽田へ向っていたんだと思います」

と、十津川は、いった。

「しかし、この日、彼が、マリを追って、381便に乗らなかったら、真紀子は、困ったんじゃないのかね？　どうやって381便に乗るようにしたと思うのかね？」

と、本部長が、きく。

「太田は、すでに、何回か、マリを追って、南紀白浜へ行っています。彼の部屋に、南紀白浜のおみやげが、あったことでも、それはわかります。ストーカーの太田は、いつも、彼女を追いかけていたいのです。そんな太田を、381便に乗せるのは、簡単だったと思いますよ。太田に電話して、行くなといっても、行けといっても、彼は、381便に、乗ったと思います」

十津川は、微笑して、いう。

「もちろん、真紀子も、同じ381便に、乗ったわけだね？」

「そうです。彼女は偽名で乗ったと思います。彼女の名前がありませんから」

「南紀白浜に着いてからは？」

本部長が、先を促した。

8

「太田は、好きな小笠原マリと、同じ南紀白浜に来ているというだけで、満足して、空港を、うろうろしていたんじゃないでしょうか？　真紀子の方は、マリを殺す気で、じっと、チャンスを窺《うかが》っていたと思います。十時半近くに、彼女が、トイレに行くために、現われました。真紀子は、彼女を、女子トイレのボックスの一つに押し込み、用意したロープで、首を絞めて殺し、壁に『まだ、終っていないぞ！』と、エア・ブラシで書き、同じく、エア・ブラシで書いた故障中の札をかけて、逃げたのです」

「しかし、目撃されたのは、太田和也だったんだよ」

と、本部長は、いった。

「そうです。それは、こういうことだったと思います。真紀子は、女子トイレで、マリを殺したあと、空港内で、うろうろしている太田に近づき、耳元で、女子トイレの故障中のボックスに、小笠原マリが待ってるとでも告げたんじゃないでしょうか。太田は、女子トイレに行き、女性の姿がないのを見はからって、中に入り、故障中のドアを開けてみた。ところが、そこに、マリが死んでいるのを発見して、あわてて、飛び出し、それを、空港職員の朝井みよ子に、目撃されてしまったのです」

「無実なら、なぜ、すぐ、警察に知らせなかったんだろう？」

本部長が、きく。

「彼は、ストーカーで、いつも、小笠原マリを付け廻していたのです。そんな自分が、警察に知らせたら、自分が、疑われるに決っていると思ったんだと思います」

と、十津川は、いった。

「しかし、彼は、逃げずに、南紀白浜に、残っていたが、これは、なぜなんだろう？」

「太田が、犯人ではないとすると、残った理由は、だいたい、想像がつきます。小笠原マリが死んでしまったので、彼女のいない東京に帰っても仕方がなかった。もう一つは、彼女を殺した犯人を、見つけ出すことだったのではないでしょうか。それで、彼は、ホテルに入り、毎日、朝食のあと、出かけていたそうですが、それは、今いったように、犯人を探していたのだと思うのです」

「それで、堀内真紀子は、どうしたと思うのかね？」

と、本部長が、きく。

「真紀子は、まだ、仕事が終っていなかったのです。もし、太田が逮捕されてしまい、事実を話してしまうと、疑惑が、自分に向ってくるに決っているからです。計画を完全に実行し、ストーカーの太田を犯人に仕立てあげなければなりません。そのために、エア・ブラシを使って、激しい文句を、書きつけて来たわけですから」

「彼女は、どうする気だったのかね？」

「太田が、犯人として、自殺してくれるのが、一番いいわけです。そこで、真紀子は、この南紀白浜のホテルに泊り、機会を窺ったのだと思います。そして、太田が、椿温泉のRホテルに泊り、毎日、朝食のあと、出かけるのを知ります。そこで、真犯人を知っていると、夕方、太田を三段壁の断崖に誘い出し、突き落して、殺してしまったのだと思います。そのあと、断崖の上の岩に、エア・ブラシで、『これで、完全！』と書いたに違いありません。女子トイレで、小笠原マリを殺したあと、『まだ、終っていないぞ！』と、書きつけておいた文句を、こうして、生かしたわけです。死ね——まだ終ってない——これで完全とくれば、誰もが、太田は、二人の男女を殺した末、自分を殺すことで、全てに、エンドマークをつける気だったのだと思う。真紀子は、そう、考えたんだと思いますね」

と、十津川は、いった。

「もし、君のいう通りなら、太田和也は、犯人じゃないということになってくるね？」

本部長が、いった。

「当然です」

「真犯人の堀内真紀子は、今、どうしてると思うね？」

と、本部長が、きいた。

「この南紀白浜にいると思います」

十津川は、確信を持って、いった。

「理由は？」

と、本部長が、切り込んできた。

「太田が、犯人として、自殺したと、マスコミが発表しました。真紀子にしてみれば、全て、計画通りに運んだわけです。きっと、安心しているでしょう。安心なのと、南紀白浜は、悪い所じゃありません。初冬なのに暖かいし、温泉がある。真紀子は、この南紀白浜で、のうのうとしていると、思いますよ」

と、十津川は、いった。

結局、十津川の意見が入れられ、県警は、もう一度、南紀白浜のホテル、旅館を、徹底的に調査することになった。

彼女の写真が、何枚も、コピーされ、それを持って、県警の刑事たちは、温泉街を聞き込みに、駈け廻った。

丸一日かかって、どうやら、南紀白浜温泉のKホテルに、柴田《しばた》ゆみという名前で、泊っていることが、わかった。

逮捕令状がとられ、木村警部たちが、Kホテルに向った。

それに、十津川と、亀井も、同行した。

Kホテルの大きな露天風呂、そこは、男女混浴だった。

刑事たちが、その露天風呂に入って行ったとき、堀内真紀子は、一人で、広い風呂に浸り、眼を閉じていた。

箱根を越えた死

1

その死体は、桜の木の下で、仰向けに、横たわっていた。

年齢は、二十七、八といったところだろう。

小柄な女性で、白のセーターの胸にも、黒のスカートの上にも、うすいピンク色の桜の花びらが、散乱していた。

風が吹くと、その花びらが、舞いあがり、また、新しく、花びらが、頭上の枝から、落下してくる。

四月十日。

この辺りの桜は、満開になっていた。

場所は、東京練馬のK公園である。

死体を見つめる十津川や、亀井たちの背広の肩にも、花びらが、落ちてきて、止まったりする。

「桜の下の死体か」

と、十津川は、呟《つぶや》いた。

首に、指で絞められたと思われる、鬱血《うっけつ》の痕《あと》がある。

近くに、シャネルのハンドバッグが落ちていて、その中から、運転免許証が、見つかった。

そこにあった名前と住所は、岸井美矢子《きしいみやこ》、二十七歳。練馬区石神井《しゃくじい》のSマンション306号だった。

「この近くに住んでいるのか」

と、十津川は、呟き、西本と日下の二人の刑事を、すぐ、そのマンションに、急行させた。

死体を調べていた検死官が、

「殺されたのは、昨日の午後九時頃だな」

と、十津川に、いった。

「今が、午前七時三十五分だから、半日たっているのか」

十津川が、呟く。それを受けて、亀井が、

「その間、ずっと、死体の上に、花吹雪《はなふぶき》が、舞いおちていたわけですね」

と、いった。

「死因は？」

と、十津川は、検死官に、きいた。

「のどを絞められたことによる窒息死だね」

「やはり、絞殺ですか？」

「仏さんは、ずいぶん、苦しんだと思うね。自分の唇を、嚙《か》んだあとがある」

「可哀そうに」

と、十津川は、呟いて、改めて、死体に、眼をやった。

かっと見開いた眼が、被害者の無念さを、示しているように見える。

「ハンドバッグの中に、財布がありませんね」

と、亀井が、いった。

「だから、物盗りか」

「あるいは、物盗りに見せかけた殺人か」

と、亀井は、いった。

死体は、セーターに桜の花びらをつけたまま、司法解剖のために、大学病院へ運ばれて行った。

そのあと、十津川は、亀井と、被害者のSマンションに、足を運んだ。

現場から、歩いて、十二、三分のところに建つ七階建てのマンションである。

306号室にあがると、先に行かせた西本と、日下の二人は、まだ、2DKの部屋の中を、調べていた。

十津川は、中に入って、

「何かわかったか?」

と、二人に、声をかけた。

「どうやら、仏さんは、昼間は、デザインの勉強をし、夜は、クラブで働いていたみたいですよ」

と、西本が、いった。

なるほど、内外のファッション雑誌が、積み重ねてある。

有名なフランスのデザイナーと、並んで写った写真を、パネルにして、壁にかけてある。そのデザイナーが来日した時に、撮ったのだろう。

日下が、十津川に見せたのは、花のすかしを入れた何枚もの名刺だった。全部、同じ名刺で、

〈しずか　クラブ「ダリア」〉

と、印刷されている。

それが、どうやら、クラブで働く時の名前らしい。

「被害者は、車は、持っているのか？」

と、亀井が、二人に、きいた。

「管理人の話では、中古のベンツ１９０Ｅを持っていて、それを、近くの駐車場へとめているということでした。そこへ行って来ましたが、赤いベンツ１９０Ｅは、確かに、とめてありました」

と、日下が、いった。

「すると、あの公園には、歩いて行ったことになるね」

と、十津川は、いった。

「何しに、夜の公園に行ったんですかね？」

と、亀井が、いう。

「夜桜見物かな」

「しかし、夜の仕事を、休んでですか？」

「そうか。夜の九時といえば、クラブの一番忙しい時間だな。となると、誰かに会いに行ったということか」

「或《あ》いは、呼び出されたのかも知れません」

と、亀井は、いった。

西本と、日下が、部屋の中から、見つけ出したアルバムと、手紙の束を、十津川は、ソファに腰を下して、亀井と、見ていった。

アルバムに貼られている写真は、ほとんど、デザインの勉強をしている時のものだった。

彼女は、目白にあるK服装学園で、勉強したらしく、そこで写した写真が多い。

仲間と、校門の前で撮ったものもあれば、卒業記念のファッション・ショーで、自分でデザインした奇抜なドレスを着て、笑っている写真もある。

男と一緒に写っている写真だけを、十津川は、アルバムから抜き出した。

次は、手紙だった。が、こちらの方は、ほとんど、収穫はなかった。

ラブ・レターと呼べる手紙は、皆無だったからである。

男がいたとしても、男の方が、用心深くて、ラブ・レターを出さなかったのか、それとも、今は、手紙のような、まだるっこしいものは使わず、電話で、愛を語るようになっていたのか。

その夜、十津川は、亀井と、銀座にあるクラブ「ダリア」に、出かけた。

小さいが、洒落《しゃれ》た店だった。

ママは、四十七、八歳に見える、太った女で、しずか、こと、岸井美矢子が、殺されたことは、テレビのニュースで知ったと、いった。

「美人なんだけど、ちょっと暗い感じの娘《こ》でしたけどねえ」

「昨日は、店を休んだわけですね？」

と、十津川は、きいた。

「ええ。でも、こんなことになってるなんてねえ」

「彼女の男関係を知りたいんだが、何か、知りませんかね？」

と、十津川は、きいた。

「それなら、私より、ユキちゃんの方が、いろいろと、知ってますよ」

と、ママはいい、被害者と仲が良かったという、三十歳ぐらいのホステスを、呼んでくれた。

ユキは、十津川のすすめるビールを、口に運んでから、

「彼女、悩んでたみたい」

と、いった。

「男のことで？」

と、十津川は、きいた。

「そうなの」

「どんな風にですか？」

「彼女、プロじゃないから」

「どういうことなのかな？　プロじゃないというのは」

と、十津川は、きいた。

「彼女は、ファッション・デザイナーになるのが、夢だって、いつもいってた。だから、このクラブで働くのは、仕方なく、生活のためだともいってたわけ。水商売のプロじゃなかったのよ」

「ああ。そういう意味か」

「店に来る客は、気に入ったホステスを、ものにしようと思って、調子のいいことをいうわけね。無責任にね。あたしたちの方も、調子のいい受け応えをするけど。お互いに化《ばか》し合いね。それが、彼女は、出来なかったんじゃないかしらね」

「水商売のプロじゃないから、お客のいいかげんな言葉に、欺《だま》されたということですか？」

と、十津川は、きいた。

「そんなことじゃないかと思うの」

「もう少し、具体的に話してくれませんか」

と、十津川は、いった。

「今、いったみたいに、彼女、デザイナーになるのが夢だったわけなの」

「それは、知っています」

「そこが、彼女の弱みでもあったわけ。だから、ずるいお客は、その弱みにつけ込んで、おいしいことをいうわけなの。あたしなんかが、横で聞いていると、ずいぶん、いい加減なことをいってるなと思うんだけど、デザイナーになれるみたいな話には、彼女、すぐ、のってしまってねえ」

「欺されたのかな？」

「そうみたいね。あたしも、ずいぶん、注意したんだけど」

「どんな風に欺されたのかな？　お金を欺し取られたとかですか？」

と、十津川は、きいた。

「それなら、まだ、いいわよ。お金は、また貯《た》めればいいんだから」

と、ユキは、小さく、肩をすくめた。

「他のものを、欺し取られたということですか？」

「心をね。ちょっと、キザかな」

と、ユキは、照れたように、笑った。

「彼女が、好きになった男がいたというわけかね？」

と、亀井が、きいた。

「一人ね」

「名前は、わかりますか？」

と、十津川が、きいた。

「浅井といってたけど、本名かどうか、わからないわ。しずかには、おいしい話をしてたみたいで、悪いことに、彼女、それを信じちゃってね」

「どんなことを、彼女に、いってたんですか？」

「なんでも、おれは、ある繊維会社の社長の息子で、企画か何かを担当している。これからは、デザインの勝負になってくるから、才能のあるデザイナーが欲しいみたいな話をしたらしいのよ。それから、彼女、その浅井に、のめり込んでしまって――」

「しかし、そんな話を、簡単に信じるのかね？」

と、亀井が、眉をひそめて、きいた。

「だから、彼女は、プロじゃないといったじゃないの」

と、ユキは、亀井を睨《にら》んだ。

「わかった。その男のことを、もっと、話して下さい」

と、十津川が、いった。

「あたしなんかが聞けば、その男、しずかの気を引こうとして、いいかげんなことをいってると、わかるわよ。だけど、彼女、自分の夢につながる話だものだから、信じてしまったのね。浅井という男も、口が、うまいから」

「それで、彼女も、その男を愛してしまった？」

「そうね。向うは、彼女を、二、三度、抱いて、彼女が、お金を持ってれば、ついでに、それをまきあげてサヨナラする気だったみたいなんだけど、彼女の方は、本気になってしまったのよ。その会社の御曹子《おんぞうし》と結婚して、自分のデザインの才能を生かしてみたいなんて、夢を持ってしまったのよ。そんな夢を聞かされたもの」

と、ユキはいう。

「それで、浅井だけど――」

と、亀井は、いい、被害者のマンションから持ってきた写真を、ユキの前に並べた。男と一緒に写っている写真だった。

「この中にいるかね?」

と、亀井が、きく。

ユキは、写真を一枚ずつ、黙って、見ていたが、

「この男」

と、亀井に、いった。

被害者が、背の高い男と一緒に写っていた。サングラスをかけた三十五、六歳の男である。ワイシャツの前をはだける感じで着ているのが、その男には、よく似合っている。

「いい男ですね」

と、十津川は、いった。

「それを意識している、いやな男よ」

と、ユキは、いった。

「本名と、何処《どこ》に住んでるか、知らないかね?」

と、亀井が、きいた。

「知らないわ。最近、ここにも、顔を見せなくなっていたしね」

「何かわかることはないのか？」

亀井が、怒ったような声を出した。

「そんなことといったって、あたしは、関心のない男だったから」

と、ユキは、いったが、

「箱根に別荘を持ってるって、いってたわ」

「それも、口から出まかせじゃなかったんですか？」

と、十津川は、きいた。

「あたしも、最初は、そう思ってたわ。でもね、しずかが、その別荘へ行ったことがあるって、いってたから」

と、ユキはいった。

十津川は、眼を光らせて、

「箱根のどの辺りか、いっていませんでしたか？」

「どこだったかな。箱根って、あたしは、行ったことがないから」

「箱根湯本、強羅《ごうら》、御殿場《ごてんば》――」

と、十津川は、地名を、並べた。

「もう一度、いってみて」

「箱根湯本、強羅、御殿場――」

「その御殿場だったと思うわ」

と、ユキは、いった。

「御殿場に別荘を持っている男か。他に、この男のことで、知っていることは、ありませんか？」

と、十津川は、きいた。

「車を持ってたわ。それが、その男の自慢だったの」

「どんな車ですか？」

「外国の車よ。マネージャー！」

と、ユキは、カウンターの中にいる男に声をかけて、

「浅井さんの乗ってた車は、何だった？」

「ポルシェ911」

と、マネージャーは、大声で、いってから、

「酔っ払い運転で、捕まったことがあるって、いってたよ」

「どこで、捕まったんですか？」

と、十津川は、マネージャーに、きいた。

「横浜の近くだそうですよ。クリスマス・イヴに捕まったって、ボヤいていましたね」

「去年のクリスマス・イヴね？」

「ええ。女と一緒に乗ってたみたいでね」

と、マネージャーは、笑った。

2

捜査本部が、練馬警察署に設けられ、十津川は、そこから、横浜に電話を入れて、問題の酔っ払い運転について、調べて貰《もら》った。

翌日の昼前に、回答が、ＦＡＸで、送られてきた。

問題の車、ポルシェ９１１Ｓは、間違いなく、去年十二月二十四日の午後十一時二十分に、検問にかかり、運転していた男は、酒酔い運転だった。

その男の名前は、浅野猛《あさのたけし》。三十八歳。

同乗者は、三沢真美《みさわまさみ》、十八歳。Ｎ女子大一年。

浅野の住所は、東京都新宿区四谷、Sコーポ Y502号。

御殿場にある別荘に行く途中だと、いっていたという。

浅野は、新宿に、ASANO交易という会社があり、その社長だと、いっていたと、報告には、あった。

「青年実業家というわけですか」

と、亀井は、笑った。

「その社長に、会いに行こうじゃないか」

と、十津川は、いった。

二人は、新宿に向った。雑居ビルの三階に、「ASANO交易」の看板が出ていたが、何をやっているのか、わからない会社だった。事務員が五、六人いるのだが、働いている感じはなかったからである。

受付で、来意を告げると、奥の社長室に通された。

写真で見た男が、そこにいた。浅野は会うなり、

「うちは、警察にマークされるようなことはしていませんよ」

と、いう。

十津川は、苦笑しながら、

「岸井美矢子という女性のことを、お聞きしたくて、伺ったんです」

「岸井――？」

「銀座のクラブ『ダリア』のしずかというホステスです。ご存知ですね？」

「多分ね。その店には、行ったことがありますから」

「親しくしていた筈《はず》ですよ」

と、亀井が、横から、いった。

「そのホステスがどうかしたんですか？」

と、浅野が、きく。

「殺されました。練馬の自宅近くの公園でね」

と、十津川は、いった。

「それで、僕が、疑われているわけですか？」

「一昨日、九日の夜は、どこにおられました？」

と、十津川はきいた。

「九日の夜ねえ。ああ、僕は、箱根に別荘を持っていましてね、そこにいましたよ。泊って、十日に、直接、ここへ、出社したんです」

と、浅野は、いう。

「証人はいますか？」

「証人？」

「ええ。あなたが、九日の夜、箱根の別荘にいたという証人です」

「困ったな」

「どう困るんです？」

と、亀井が、きく。

「女性と一緒だったんですが、彼女に、迷惑がかかると、いけないから――」

「しかし、いって頂かないと、困りますね。これは、殺人事件だから」

と、十津川は、いった。

「それならいいますが、内密にして下さい。荒木貴子《あらきたかこ》という女性です。S電機のOLですよ」

と、浅野は、いった。

「なかなか、ご発展ですな」

と、亀井が、皮肉をこめて、いった。

浅野は、ニヤッと笑って、

「僕は、女が好きだから――」

「しずかというホステスとは、どうだったんですか？」

と、十津川は、きいた。

「どうだったというと――」

「あなたは、彼女に、自分は、繊維メーカーの社長の息子といって、取り入ったんじゃありませんか？」

「クラブの客とホステスですからね。彼女だって、いいかげんなことをいうし、客も、嘘《うそ》をつく。それでいい世界じゃありませんか」

と、浅野は、また、笑った。

「だが、彼女の方は、本気で、あなたを、愛してしまったんじゃありませんか？」

と、十津川は、きいた。

「彼女が、そういってたんですか？　それは、知りませんでしたね」

と、浅野は、無責任ないい方をした。

「この会社は、何をやってるんですか？」

「交易です」

「具体的にいうと、どういうことですか？」

「これからは、アジアの時代です。安く、いいものが、作れるのは、アジアです。中国、台湾、フィリッピン、ベトナム、タイといったところに、日本の企業も、アメリカ、ヨーロッパの企業も、次々に、進出していくのは、そのためでしょう。そこで、私も、いい、安いものを輸入して、売ることを考えて、この会社を、作ったんです」

浅野は、得意気に、いった。

「しかし、社員は、することがなくて、手持ちぶさたにしていましたがね」

と、亀井が、無遠慮にいった。

浅野は、笑って、

「荷が入らない時は、ヒマですよ。当然でしょう。注文した荷が、どっと入った時は、それこそ、猫の手も借りたい忙しさになります」

「儲《もう》かっていますか？」

「おかげさまで、儲けさせて貰っていますよ。苦労して、東南アジアに、ルートを作りましたのでね」

と、浅野は、いった。

「青年実業家というわけですか？」

「そういういい方は、あまり好きじゃないんですがね。この世界に、青年も、老人もありません。実力の世界です」

「わかりませんね」

と、十津川は、わざと、呟くように、いった。

「何がですか？」

聞きとがめて、浅野が、きいた。

「あなたは、立派な仕事をやっているわけでしょう。自慢してもいいのに、なぜ、彼女に、嘘をついたんです？　繊維メーカーの社長の息子といったりして。それが、わかりませんね」

「だから、水商売の世界は、客も、ホステスも、嘘のつき比べだと、いったじゃありませんか」

「彼女の気を引くための嘘というわけですか？」

「それも、少しはあったかも知れませんがね。そのくらいは、許して下さいよ。別に、彼女を傷つけたわけじゃないんだから」

と、浅野は、いった。

「本当に、傷つけませんでしたか？」

「ええ。ホステスだって、客が、本当のことを喋《しゃべ》ってるなんて、思っていませんからね」

「金を欺《だま》し取ったなんてことはないでしょうね？」

亀井が、いうと、浅野は、むっとした顔になって、

「失礼な。告訴しますよ」

と、いった。

「まあ、許して下さい。殺人事件なので、いろいろと、失礼なことも、質問せざるを、得ないんです」

と、十津川は、いった。

3

十津川は、亀井を、荒木貴子の証言を取りに、S電機に行かせ、自分は、いったん、捜査本部に、戻った。

西本たちに、調べさせておいたことの結果を知りたかったからである。

西本と、日下は、十津川を見ると、

「M銀行の四谷支店に行ってきました」

と、いった。

「それで、彼女の預金は、どうなっていた？　マンションにあったM銀行の通帳には、二十三万円の預金しかなかったんだが」

「彼女は、今年の一月二十日に、七百万の定期と、その時、普通預金の口座にあった九十六万三千円を、全て、おろしてしまっているんです。そのあと、新しい預金通帳を、また、作っています」

と、西本は、いった。

「それで、少なかったのか。その八百万の金は、何に使ったのかな？」

「それなんですが、全額おろしてしまったので、つい、銀行の担当が、何にお使いになるんですかと、聞いたそうなんです」

と、日下が、いう。

「彼女は、何と答えたんだ？」

「普通は、新車を買うのとか、旅行に行くのとか、笑って、答えるそうなんですが、その時、彼女は、なぜか怒って、そんなこと答える必要はないでしょうと、いったそうです」

「それで、聞いた銀行員は、その時、どう思ったのかね？」

と、十津川は、きいた。

「男に、渡すんじゃないかと、思ったそうです。それで、怒ったんじゃないかと」

と、日下は、いった。

「いいところを見ているね」

と、十津川は、いった。

「男というのは、浅野でしょうか？」

「多分ね」

と、十津川は、いってから、西本たちに、

「彼のやっているASANO交易の経営状況を、調べてきてくれ」

と、いった。

西本と、日下が、出かけたあと、大学病院から、司法解剖の結果が、FAXで、報告されてきた。

死因は、やはり、首を絞められたことによる窒息。

死亡推定時刻は、九日の午後九時から十時の間だった。

どちらも、予想どおりである。

十津川は、司法解剖に当った、宮内《みやうち》という外科医に、電話をかけた。何度も司法解剖を頼んでいるので、顔見知りになっている医者だった。六十歳で、十津川のことを、十津川クンと呼ぶ。

「FAXは、見ました。が、他に、何か手掛りになるようなものは、なかったんですか?」

と、十津川は、きいてみた。

「手掛りって、何だね?」

「例えば、仏さんの手の爪《つめ》の間に、犯人の肉片が、入っていたとかいったことですが」

「君のために、丹念に調べたが、無かったねえ。ただ、桜の花びらが、見つかったよ」

と、宮内医師は、いった。

「それは、着衣に付いていたんでしょう?」

「いや、仏さんの口の中に入ってたんだ。落ちてきた花びらが、口の中に入ったんだろうね。そのまま、唇を嚙んだんだな」

「そうですか」

「気のない返事だな」

「仏さんは、花びらの中で、死んでいたんです。その一枚が、口の中に入っていても、犯人の手掛りには、なりません」

と、十津川は、いった。

「十津川クン」

「はい」

「君は、花は嫌いか？」

「花ですか？」

「四季それぞれに、花は咲き乱れる。桜、バラ、蘭、それに、菊――」

「先生。正直にいいまして、花には、あまり、興味がないんです。胡蝶蘭《こちょうらん》という名前も、最近、知ったぐらいで――」

「いかんなあ」

「いけませんか？」

「常々、思っているんだがね。君は、仕事熱心で、優秀な刑事だが、心の余裕というものがない。時々は、ゆっくりと、花をめでてみたまえ」

「わかりました。いつか、ヒマが出来たら、そうします」

十津川は、苦笑しながら、受話器を置いた。

二時間ほどして、亀井が、帰って来た。

「S電機へ行って、荒木貴子に、会って来ました」

「それで、どうだった？」

「九日に、浅野の別荘に行ったことは、間違いないですね。午前中だけで、早退し、浅野の車で、御殿場に行ったそうです。その夜は、彼と、別荘で過ごし、十日の朝、車で、東京まで、送って貰ったと、いっています」

「そうだとすると、浅野は、犯人ではないということになるね」

と、十津川は、いった。

「その通りです」

「彼女の証言に、何か、おかしいところはなかったかね？」

「正直に、話していると思いましたよ。ただ、一つだけ、気になることを、話してくれましたね」

と、亀井が、いう。

「どんなことだ？」

「九日は、ポルシェ911で、御殿場の別荘まで連れて行ったのに、十日の朝、東京に送って貰う時は、浅野がもう一台持っているベンツだったそうです」

「なぜ、車を替えたのかね？」

「なんでも、ポルシェのエンジンが、調子が悪いので、ベンツにすると、浅野は、いったそうです」

「理屈はあっているが――」

「私は、何となく、引っかかりました」

「だが、それだけじゃあ、浅野が怪しいとはいえないな」

と、十津川は、いった。

「そうなんですが――」

「荒木貴子というOLは、浅野のことを、どう思っているんだろう?」

「それも、聞いてみました。彼女は、こういっていましたね。話題が豊富で、楽しい人だし、一緒に歩いていて、恥しくない男性だそうです」

「ハンサムで、背も高いからかな」

「そうでしょうね。ただ、こうもいってました。どこか、冷たいところがあるって」

「冷たいところが」

「そうです」

「彼女は、なぜ、そんな風に思ったのかな?」

「女の直感と笑っていましたがね」

「女の直感か」

「直感では、証拠になりません」

と、亀井は、苦笑した。

4

西本と日下は、面白いニュースを持って、帰って来た。

「ＡＳＡＮＯ交易ですが、儲かっていませんね」

と、西本が、いったのだ。

「それは、間違いないのか？」

と、十津川は、念を押した。

「最近、ＡＳＡＮＯ交易をやめた男に会って来ました。安田《やすだ》という男で、彼の話によると、浅野が、ＡＳＡＮＯ交易を作ったのは、三年前で、その頃は、儲かっていたそうです。例えば、日本の高級セーターとか、シャツなどを、東南アジアへ持って行って、そっくり同じものを、安く作らせ、それを、大量に輸入して、日本で売る。そんなことで、儲かっていたんですが、最近は、日本の企業が、どんどん東南アジアに進出して行くので、個人的に輸入するＡＳＡＮＯ交易は、全く利益が、出なくなってしまったそうなんです。安田は、見切りをつけて、やめたんだと、いっています」

「赤字続きということか？」

「そうらしいです」

「それなのに、浅野は、なぜ、あの会社を、続けているんだろうか？」

「見栄《みえ》だと、安田は、いっています」

と、日下が、いった。

「見栄ねえ」

「浅野という男は、ひどく、見栄っぱりなところがあって、青年実業家という肩書きに、しがみついているんじゃないかと、安田は、いっていました」

「赤字続きなのに、なぜ、ＡＳＡＮＯ交易は、潰《つぶ》れずにいるんだろう？」

「安田は、そこが、不思議だといっていました。もう駄目かなと思っていると、浅野は、どこからか、金を、用意してくるんだそうです」

「金蔓《かねづる》があるということか」

「でしょうね」

「例えば、岸井美矢子が、一月におろした定期預金と、普通預金みたいなかな？」

「かも知れません」

と、日下は、いった。

「その返済を迫られて、岸井美矢子を、殺したのだろうか？」

「しかし、アリバイがありますよ」

と、亀井が、いった。

「何とか、そのアリバイを崩せないかな」

十津川は、考え込んだ。

翌日、十津川は、亀井を連れて、もう一度、浅野に会いに出かけた。

車のことが、どうしても、引っかかると、亀井が、いったからである。

昨日と同じように、浅野は、十津川たちを、社長室に招じ入れたが、

「もう、刑事さんに、話すことはありませんがね。荒木貴子には、会って、九日のことを聞かれたんでしょう？」

「私が、聞いて来ましたよ」

と、亀井が、いった。

「それで、納得されましたか？」

「荒木貴子は、確かに、九日の午後から十日の朝にかけて、あなたと、御殿場の別荘

で過ごしたと証言してくれました」

と、亀井は、いった。

浅野は、ニッコリして、

「よかった。これで、僕の無実は、証明されたわけですね」

「一つだけ、引っかかることが、ありましてね」

「どんなことです。なんでも、お答えしますよ」

と、浅野は、余裕を見せていい、煙草《たばこ》に火をつけた。

「九日の午後、あなたは、ポルシェ911で、荒木貴子を、御殿場の別荘まで、案内したんですね？」

と、亀井が、きく。

「そうです。彼女が、別荘を見たいというのでね」

「翌日の朝、彼女を、車で、東京へ送った？」

「ええ。会社を休みたくないというので、十日の朝早く起きて、車で、東京まで、送りました」

「その時、なぜ、ポルシェ911ではなくて、ベンツで、送ったんですか？」

と、亀井が、きいた。

「そんなことですか。ポルシェの、エンジンの調子が悪かったんで、もう一台のベンツで、送ったんです。とにかく、彼女を、会社まで送るんで、途中で、車が故障しては、まずいですからね」

浅野は、笑顔で、いった。

「今、そのポルシェは、どこにあるんですか？」

「あれから、別荘へ行っていませんから、御殿場に置いてありますよ」

「すると、エンジンの調子の悪いままで、別荘にあるわけですね？」

亀井は、しつこく、きく。

「いや、もう、エンジンは、直っていると思います」

と、浅野は、いった。

「おかしいじゃありませんか。ひとりでに、エンジンの調子がよくなってしまうんですか？」

「ねえ、刑事さん。早合点《はやがてん》はしないで下さいよ。箱根湯本に、青木《あおき》という小さな修理工場があるんです。そこに、時々、お世話になるんですが、十日に、東京に帰ってから、そこへ電話して、ポルシェの調子が悪いので、別荘へ取りに行って、直しておいてくれと、頼んだんですよ。だから、もう、直っているんじゃないかといったんです。

疑うのなら、聞いてみてくださいよ」

と、浅野は、机の引き出しから、一枚の名刺を取り出して、亀井に渡した。

〈自動車の修理、点検は青木へ〉

と、書かれた名刺で、箱根湯本とあり、電話番号も、入っていた。

「そこのおやじさんと、懇意でね。聞いて下されば、わかりますよ」

と、浅野は、いった。

「電話を借りますよ」

と、亀井は、社長室の電話で、名刺の番号にかけた。

「青木です」

と、男の声がいう。

「こちらは、警視庁捜査一課ですが、十日に、浅野さんから、車の修理を頼まれましたか？」

と、亀井は、きいた。

「ええ。十日の午後、電話がありましてね。別荘においてあるポルシェの調子が悪いので、修理しておいてくれといわれました」

と、青木は、いった。

「どこが悪かったんですか？」

「エンジンのベルトが傷んでいました。それで、取りかえておきました。他には、悪いところはありませんでした。浅野さんに、そういっておいて下さい。浅野さんに、何かあったんですか？」

「いや、何でもありません」

と、いって、亀井は、電話を、切った。

「どうでした？」

と、浅野が、皮肉な眼で、亀井を見た。

「確かに、ポルシェの修理を頼まれたといっていましたよ」

「そうでしょう。僕は、人殺しなんかしてません。犯人は、他にいるんです」

と、浅野は、いった。

「あなたは、誰が、彼女を殺したと思いますか？」

と、十津川が、きいた。

浅野は、当惑の表情になって、

「僕には、わかりませんよ。しかし、彼女は、ホステスだったし、小柄だが美人で、魅力がありましたからね。いろいろと、男関係があったと思いますよ。それを調べていけば、犯人が、見つかるんじゃありませんか」

と、いった。

「もう一つ、質問をしたいんですが」

と、十津川は、いった。

「何ですか？」

「昨日、あなたは、ＡＳＡＮＯ交易は、儲かっているといわれましたね。しかし、こちらで調べたところ、ずっと、赤字続きだそうじゃありませんか」

「誰が、そんなことをいったんですか？」

「赤字なんでしょう？」

「いや、そんなことはありません。その証拠に、こうして、潰れずにいるじゃありませんか。こんな小さな会社は、赤字が続いたら、たちまち、潰れてしまいますよ」

と、浅野は、いった。

「彼女に、お金を借りたことは、ありませんか？」

「質問は、一つの筈ですがね」

「答えて下さい」

「僕は、女に、金を借りたことは、ありません」

と、浅野は、十津川を睨んだ。

5

二人は、ビルを出て、パトカーに戻った。

「カメさん。元気がないね」

と、十津川が、いった。

「車を替えたことに、何かあると思ったんですがねえ。本当に、エンジンの調子が悪かったとなると、私の思い違いでした」

亀井は、ぶぜんとした顔でいい、車をスタートさせた。

「私は、そうは、思わないよ」

と、十津川は、いった。

「なぐさめて下さらなくても、結構ですよ」

「そんな気はないさ。私は、カメさんの直感を、信じるんだ。浅野は、何か理由があって、行きと、帰り、車を替えたんだと思うよ。あとで、そのことを調べられて、怪しまれたりすると困るので、東京に帰ったあと懇意にしている修理工場に電話して、修理をしておいてくれといったんだ」

「しかし、本当に、エンジンのベルトが、傷んでいたんです」

「自分で、わざと、傷めておいたのかも知れないよ」

と、十津川は、いった。

「しかし、なぜそんなことまでして、帰りは、ベンツにしたんですかね?」

「それは、まだ、見当がつかないがね。あの男は、本命であることに、間違いないよ」

と、十津川は、いった。

「他の男関係も、調べますか?」

と、亀井が、きく。

「その必要はないよ」

「私も、浅野が、犯人だと思いますが、アリバイがありますからね。九日の夜は、別荘で、彼と一緒にいたという荒木貴子の証言もあります」

「四月九日の夜は、寒かったかね?」

と、十津川が、きいた。

「岸井美矢子が殺された夜ですね。四月九日ですから、十分、暖かかったと思いますが。調べてみますか？」

「ああ。ぜひ、知りたいんだ」

と、十津川は、いった。

「場所は、何処ですか？」

「練馬区石神井」

「現場のですね」

と、亀井は、肯《うなず》いた。

捜査本部に戻ってから、亀井は、気象庁に問い合せたりしていたが、表を作って、十津川に見せた。

九日の朝から、夜まで、一時間ごとの温度を調べた表である。

四月九日、練馬区石神井付近。

この日、気温が最高だったのが、午後二時で、二十三度。

日が落ちても、あまり下らなかった。

午後七時	一八度
八時	一六度
九時	一六度

十時　　一五度
十一時　一三度
十二時　一〇度
「新聞を見ましたら、初夏の暖かさと、書いてありました」

と、亀井は、いった。

「暖かい一日だったんだ」

「それが、どうかしたんですか？」

と、亀井が、きく。

「被害者の死亡推定時刻は、九日の午後九時から、十時の間だ」

「そうです」

「十時にしても、その時、十五度あったんだよ。暖かい夜だったんだ」

「ええ」

「それに、現場は、公園で、桜並木だ。桜は満開だった。街灯もあった。誰か、夜桜を見物に、来なかったのかな？　若いアベックとかがさ」

と、十津川は、いった。

「なるほど」

と、亀井は、肯いて、

「死体が発見されたのが、翌朝の六時五十分。それまで発見されなかったのは、おかしいと、いわれるんですね？」

「そうなんだよ。誰かが、九日の十時過ぎに、夜桜を見に行っていたら、死体は、その時に、見つかっていた筈なんだ。それなのに、翌朝まで、見つからなかった。だから、九日の夜は、寒かったんじゃないかと思ったんだが、実際には、暖かかった。ちょっと、変だなという気がしてね」

と、十津川は、いった。

「もし、夜桜を見に、あそこに、夜、行っていた人間がいたとすると、どういうことになりますか？」

「それで、死体が見つからなかったのなら、その時、死体は、現場に無かったということになってくるよ」

と、十津川は、いった。

亀井は、急に、眼を輝やかせて、

「調べてみましょう！」

と、大声で、いった。

「西本たちを、こき使って、聞き込みをやりますよ」

「大変だよ」

と、亀井は、いった。

西本たち六人の刑事で、現場周辺の聞き込みが、徹底的に行われた。

四月九日に、夜桜を見に、公園に行った人がいないかどうかの聞き込みである。

桜の下で、女が殺されていたことは、現場周辺では、誰もが知っているし、まだ、犯人が見つかっていないことも、知っている。

それが、聞き込みにとって、ネックになった。

下手に、九日の夜、現場に行ったといえば、自分が疑われるのではないか。そんな不安があるのか、いっこうに、夜桜を見に行ったという人間が、出て来ないのである。

翌日も、聞き込みを続けた結果、やっと、一人、名乗り出てくれた。

近くに住む十九歳の予備校生だった。

広《ひろ》田努《たつとむ》という少年で、九日の夜、勉強に疲れたので、気分直しに、公園の夜桜を見に行ったというのである。

「それは、何時頃だった？」

と、西本は、きいた。

広田は、考えながら、

「多分、十一時頃だったと思う」

と、いった。

「その時、君が、歩いた通りに、歩いて貰いたいんだ」

と、西本は、いった。

西本と、日下が付き添う格好で、少年が、自宅から、出るところから、スタートした。

「全部、あの時と同じように、やるんですか？」

と、広田が、きく。

「ああ、全く同じにやって貰いたい」

と、日下が、いった。

「それなら、そこの自動販売機で、ジュースを買いました」

と、広田は、いう。

西本が、公園入口の自動販売機に、百十円入れて、ジュースを出して、広田に、渡した。

広田は、それを呑みながら、公園に入って行く。

池の傍《そば》に、桜並木がある。

広田は、池を廻り、その桜並木を、ゆっくり歩く。

あれから、まだ、四日しかたっていないのに、花びらは、ほとんど、散ってしまっている。

「あの時は、満開だったんだ」

と、歩きながら、広田は、いった。

「上ばかり見て、歩いていたのかね？」

と、日下が、少年に、きいた。

「そんなことは、ありませんよ。花びらが、どんどん、散ってくるんで、地面も、ずっと、見てましたよ」

「ここに――」

と、西本は、桜の木の根本を指さして、

「死体があるのに、気がつかなかったかね？」

「気がつかなかった」

と、広田は、いう。

「なぜ、気がつかなかったのかな？」

「きっと、死体が無かったからだと思います」

広田は、あっさり、いった。

「君は眼はいいかね？」

「一・五です」

「トリ目でもないね？」

「違いますよ！」

と、広田は、大きな声で、いった。

「もう一度、時間を確かめたいんだが、九日にここに来たのは、十一時頃なんだね？」

「ええ。家に戻って、時計を見たとき、十日になっちゃったと、思ったんですから」

と、広田は、いった。

その証言を持って、西本と、日下は、捜査本部に戻った。

「あの現場に、九日の夜、午後十一時まで、死体は無かったんですよ」

と、西本は、勢い込んで、十津川に、報告した。

十津川は、冷静に、

「死体が無かった可能性があるということだよ」

と、いった。

「あの少年の証言は、信用できます」

と、日下が、いう。

「そうだろうが、今は、あくまで、可能性だ」

と、十津川は、いった。

「でも、可能性が出てきただけでも、大きな進展ですよ」

と、亀井が、いった。

「死亡推定時刻が、午後九時から十時で、十一時に、現場に、死体がなかったとすると、別の場所で殺されて、あそこへ、運ばれたということに、なってくるね」

と、十津川は、いった。

「問題は、午後十一時に、あそこに、死体が無かったとして、いつから、死体が、あそこに置かれたかということですね」

と、亀井が、いった。

「そうなんだ。午後十一時には、死体が無かったとしても、十二時に、死体があったとすれば、いぜんとして、浅野はシロになる。その時刻には、彼は、ＯＬの荒木貴子と、御殿場の別荘にいたわけだからね」

と、十津川は、いった。

「いつまで、死体が無かったことになれば、浅野は、クロになってくるんですか?」

と、西本が、きいた。

「十日の朝だな」

と、十津川は、いった。

6

広田の証言は、十津川たちにとって、励みになった。

しかし、それが、そのまま、浅野が犯人ということには、つながって来ないのだ。広田が、勉強に疲れて、公園に、夜桜を見に行ったときには、まだ、死体が無かったとしても、広田が、自宅に帰った直後に、死体は、そこに置かれたかも知れないからである。

二度目の捜査会議の時、十津川は、広田の証言について、次のように、自分の意見をいった。

「収穫の一つは、岸井美矢子が、あの桜並木で、殺されたのではないと、わかったことです。彼女は、別の場所で殺され、あそこに運ばれ、桜の木の下に、捨てられたのです」

「犯人は、なぜ、そんなことをしたのかね？」

と、三上部長が、きく。

「もちろん、殺しの現場を、知られたくないからでしょう」

「だから、なぜ、殺しの現場を、知られたくなかったんだ？」

「多分、九日の午後九時から十時の間に、あの桜並木の下で、殺されたことになれば、犯人のアリバイが成立するからだと思います」

と、十津川がいうと、三上は、ちらりと、黒板に書かれた浅野の名前に眼をやった。

「それは、浅野に当てはまるわけだな」

「そうです」

「だが、今のままでは、浅野は、逮捕できないな」

「出来ません」

「アリバイが、崩れないか？」

「そうです。九日の夜、浅野は、ＯＬの荒木貴子と、御殿場の別荘にいました。そのアリバイが、崩れなければ、逮捕できません」

と、十津川は、いった。

「崩せそうか？」

「彼が犯人なら、必ず、崩れる筈です」

と、十津川は、自信を持って、いった。

次の日、十津川は、亀井と二人で、ＯＬの荒木貴子の勤務先に出かけた。

Ｓ電機本社に行き、昼休みに、彼女を、近くの喫茶店に、誘い出した。

「もう、全部、この刑事さんに、話しましたけど」

と、貴子は、眼で、亀井を示した。

十津川は、微笑した。

「そうなんだが、もう少し詳しく話して貰いたくてね」

「何をです？」

「まあ、コーヒーを、飲んで下さい」

と、十津川は、すすめ、自分も、口に運んでから、

「九日の何時頃、御殿場の別荘に、着いたんですか？」

と、きいた。

「六時頃だったかな。あたしが、夕食を作ってあげたんです」

と、貴子が、得意そうに、いった。

「そのあと、ずっと、浅野さんと一緒にいたわけですね？」

「ええ」

「ぜんぜん、離れませんでしたか？」

「ぜんぜんって、お風呂に入った時と、トイレの時は、別だけど――」

「お風呂は、何時頃、入ったんですか？」

と、十津川は、きいた。

「何時かな？　夕食が終ってからだから、九時頃になってたかも知れない」

「お風呂には、ひとりで、入ったんですね？」

「あの別荘のお風呂はね、二階にあるの。ヒノキのお風呂で、入ったまま、窓から、外が、見えるのよ。彼、後から入ってくるのかと思ってたんだけど、入って来なかった。意外に恥しがりやなんだなと、思ったわ」

と、貴子は、笑った。

「あなたは、お風呂は、長い方ですか？」

「ええ。長い方ね」

「どのくらいですか？」

「四十分くらいかな」

「別荘でも、そのくらい、入ってたんですね？」

「ええ」

「もう一つ。翌日、会社に間に合うように、車で送って貰ったんでしたね？」

と、十津川は、きいた。

「ケーキを食べていいかしら？」

「ああ、どうぞ」

「ありがとう」

と、貴子は、ケーキを一つ注文し、それを、美味《うま》そうに食べながら、

「それが、大変だったの」

「どう大変だったの？」

と、十津川は、きいた。

「会社に遅れては困るというので、御殿場の別荘を、早く出すぎちゃったの。東京に着いたら、まだ、六時前なのよ。新宿の会社に行ったって、まだ開いてないわ。だから、いったん、自宅に送って貰うことにしたの」

「君の自宅は？」

「吉祥寺のマンション」

「そこで、浅野さんとは、別れたんですね？」

「ええ」

「その時刻は？」

「今いったみたいに、朝の六時よ」

と、貴子は、いった。

「六時。吉祥寺か」

と、十津川は、呟いてから、急に立ち上って、

「ありがとう。助かりましたよ」

と、貴子に、礼をいった。

7

二人は、外に出て、パトカーに戻った。

十津川は、ニコニコしていた。

「捜査本部に、帰りますか？」

と、運転席に腰を下して、亀井が、きいた。

「いや、行って欲しい所がある」

と、十津川は、いった。

「何処ですか？」

「外車を売っているところだ」

と、十津川は、いった。

亀井は、首をかしげながら、車をスタートさせた。

青梅《おうめ》街道を走ると、中古車の販売の看板が見えた。外車の中古車も、置いてある。

十津川が、先におりて、展示されている車を見にいった。

ポルシェ９１１の中古車も、三台、並んでいる。

「実際に、ポルシェ９１１を、見てみたくてね」

と、十津川は、亀井に、いった。

「ポルシェの何を、見たかったんですか？」

と、亀井が、きく。

「トランクルームだよ」

「ポルシェ９１１は、リア・エンジンですから、トランクルームは、前部《フロント》についています」

と、亀井は、前のトランクを、開けて見せた。

狭いトランクルームだった。その上、スペアタイアが入っている。それでも、スーツケースが、二つぐらいは入るだろうから、ちょっとした小旅行には、困りはしないだろう。

「やっぱり、ポルシェ911のトランクルームは、狭いんだ」

と、十津川は、感心したように、いった。

「ええ。狭いですよ」

「もういい」

と、十津川はいい、さっさと、パトカーに戻った。

亀井は、パトカーに乗ってから、

「ポルシェ911のトランクルームのことが、今度の事件と、何か、関係があると、お考えですか？」

と、きいた。

「私はね、ずっと、浅野が、御殿場の往復に、なぜ、車を替えたのか、考えていたんだよ。わざわざ、ポルシェが故障したことにまでしてね」

と、十津川は、いった。

「それが、わかったんですか？」

「ポルシェと、ベンツの違いについて、考えてみたんだよ。浅野は、ポルシェを、ベンツに替えて、東京に帰った。なぜ、ポルシェでは駄目だったんだろうかとね。それで、この二つの車の違いについて考えた」

「違いは、いくつもありますよ。ポルシェは、スポーツカーで、空冷、リア・エンジン、二人乗り。ベンツは、水冷、フロント・エンジン、五人乗りです」

「いや、そんな違いは、関係なかったんだ。そして、今日、気がついたんだよ。トランクルームの広さが、違うんだとね。それで、今、実際に見てみたんだ」

と、十津川は、いった。

「確かに、ポルシェのトランクルームは、小さいですが、スーツケースぐらいは、入りますよ」

「だが、死体は、入らないよ。大人の死体はだ」

と、十津川は、いった。

「あッ」

と、亀井は、声をあげて、

「そうか、岸井美矢子の死体か。彼女の死体を、御殿場から、練馬のあの桜の木の下まで、車で運んだんですね」

「そうだよ」

「いつ、それに、気付かれたんですか？」

と、亀井は、きいた。

「さっき、荒木貴子と話していて、気がついたんだ」

と、十津川は、いった。

亀井が、車を、練馬署に向けて、スタートさせた。

十津川が、話す。

「彼女は、九日に、御殿場の浅野の別荘に泊って、十日は、会社に間に合いたいので、車で送って貰ったが、朝の六時前に、東京に着いてしまったといっていた。吉祥寺から、石神井のあの公園まで、そんなに距離はない」

「ええ。車なら、十五、六分で着きますよ」

と、亀井が、いった。

「ベンツのトランクに、岸井美矢子の死体を入れておいて、六時に、吉祥寺で、荒木貴子をおろしたあと、石神井の現場へ持っていき、桜の木の下に、横たえたんじゃないか。死体の発見者は、六時五十分に、見つけているんだから、その時刻までに、ゆうゆう、運べたことになってくるんだ」

と、十津川は、いった。

「すると、殺したのは、御殿場ということですね？」

「もちろん、そうだ。貴子は、別荘で、九日の九時頃に、風呂に入ったといっている。それに、四十分ぐらい入っていたともね。浅野は、その間に、前もって、別荘の近くに呼び出しておいた美矢子に会い、首を絞めて、殺したんだ。それが、九時から、十時の間だ。そのあと、死体を、ベンツのトランクルームにかくす。翌日、会社に間に合いたいという貴子を、ベンツに乗せて、東京に向った。六時に、吉祥寺で、貴子をおろして、そのまま、石神井のあの公園に向ったんだよ」

「なぜ、桜の木の下に、美矢子の死体を、置いておいたんでしょう？」

と、亀井が、きいた。

「道路の上や、ただの広場に、置いておいたのでは、いかにも、別の場所で殺して、そこへ運んで来たみたいに見えてしまうと、浅野は考えたんだろうと思うよ。その点、満開の桜の木の下に置けば、花びらが散って、死体を、花びらが飾ってくれる。花びらに包まれた死体さ。ずいぶん前から、死体が、そこに、あったように見える。浅野は、それを、考えたんだろう」

と、十津川は、いった。

亀井が、嬉《うれ》しそうに、

「これで、浅野のアリバイは、崩れましたね」

と、いう。

「ただ、御殿場で、被害者を殺し、ベンツで、石神井まで運んだという証明が、むずかしい」

と、十津川は、いった。

「どうします？」

「浅野のベンツのトランクルームを、調べたいね」

と、十津川は、いった。

捜査本部に戻ると、十津川は、鑑識を連れて、今度は、浅野の自宅マンションに向った。

浅野は、会社から、帰っていた。十津川は、彼に会うなり、単刀直入に、

「あなたのベンツを、調べさせて欲しい」

と、いった。

「僕のベンツを？」

「そうです。令状は、とってあります」

と、十津川はいって、それを見せた。

浅野は、令状を見てから、なぜか、ニヤッと笑って、

「どうぞ。いくらでも、調べて下さい」

と、いった。

十津川が、鑑識に、トランクルームを、入念に調べてくれるように頼んでいると、
浅野は、

「なぜ、僕のベンツを調べたいのか、だいたい、想像がつきますよ」

と、また、笑った。

十津川が、黙っていると、

「あんた方は、僕のアリバイを崩そうとして、四苦八苦したあげく、御殿場の別荘で、殺して、車で、東京まで運んだと、考えたんじゃないんですか？　そういえば、東京と御殿場を、往復するのに、車を替えている。ポルシェのトランクルームは、小さくて、死体は入らないが、ベンツのトランクルームなら、楽に入る。これで、犯人は、浅野に決ったと、万歳をなさったんじゃありませんか？　そうでしょう？」

と、浅野は、ニヤニヤしながら、いう。

「うるさい男だな」

と、亀井は、眉をひそめたが、浅野は、構わずに、

「ベンツのトランクから、彼女の毛髪でも見つかれば、僕を逮捕できますよ。だが、見つからないと、思いますよ。僕は、彼女を殺してないんだから」

と、続けた。

その間、鑑識は、ベンツのトランクルームを、丁寧に、調べていく。

「何か、見つかりそうか？」

と、十津川は、声をかけた。

田口《たぐち》技官が、手を止めて、十津川の傍に、寄ってくると、

「駄目だ」

と、小声で、いった。

「毛髪も、血痕《けっこん》も、検出できないのか？」

「何も出ない。トランクを、徹底的に、掃除したんだな。洗剤を使って、何回も、洗ったみたいだよ。これでは、毛髪も、血痕も、見つからないよ」

田口は、小さく、肩をすくめて見せた。

「畜生！」

と、亀井が舌打ちした。

それを見すかしたように、浅野が、駐車場へ出てくると、

「僕を、犯人にするものが、何か、見つかりましたか？」

と、声をかけてきた。

「浅野さんは、車のトランクを、洗剤を使って、洗うんですか？」

十津川は、苦笑しながら、きいた。

「きれい好きなんでね」

と、浅野は、いう。十津川たちが、失敗したので、いやに、機嫌がいい。

「帰ろう」

と、十津川は、大声で、いった。

8

捜査本部は、元気がなくなった。

事件の解決が、近づいたと思ったのに、それが、また、遠のいてしまったばかりでなく、肝心の浅野に、いいように、からかわれてしまったからである。

「奴は、ベンツのトランクを、われわれが調べに行くことを、予期していたんですよ」

と、亀井が、いまいましげに、いった。

「だろうね。われわれは、バカを見て、その上、浅野に、講釈まで聞かされてしまった」

十津川は、苦笑した。

「警部。何とかなりませんか？　何とか、浅野を、殺人容疑で、逮捕できませんか？」

と、亀井が、きく。

「駄目だね。推測だけじゃあ、逮捕は、できないよ。せめて、一つだけでも、証明できればいいんだがね」

と、十津川は、いった。

「一つだけって、例えば、どんなことですか？」

「例えば、被害者が殺された場所は、その公園の桜の下ではなくて、御殿場の浅野の別荘の傍だと、証明できればね」

と、十津川は、いった。

「被害者のはいていた靴がありますね。中ヒールの。あの靴底に、ついている土が、あの公園のものと違っていれば、別の場所で殺されたことになるんじゃありませんか？」

亀井が、膝をのり出すようにして、いった。

十津川は、笑って、

「もう、調べたよ」

「駄目でしたか？」

「どこにでもある赤土だそうだよ。あの桜の木のあたりも、同じ赤土だ」

（捜査は、壁にぶつかってしまった）

と、十津川は、思った。

犯人は、浅野以外には、考えられない。それだけに、よけいに、いらだってくるのだ。

十津川は、ひとりで、捜査本部を出ると、ぶらぶら、あの桜並木のところまで、歩いて行った。

池の傍では、子供が二人で、釣りをしていたが、他に、人の姿はない。

死体のあった桜の木の下まで行った。

花びらは、ほとんど、散ってしまっている。地面に落ちた花びらが、少し、見つかるだけである。

十津川は、死体のあった辺りに、犯人、浅野の持ち物が、何か落ちていないだろうかと、調べてみた。

だが、何も見つからなかった。

当然なのだ。死体が、発見された日に、丹念に、調べたからである。

(駄目か)

と、十津川は、急に疲れを覚え、桜の根元に、腰を下してしまった。

そんな姿勢で、ぼんやりと、池に眼をやった。釣りをしていた二人の子供は、あきたらしく、いなくなってしまった。

それでも、池へ視線をやっていると、視界の中に、見覚えのある男が、近づいてくるのが見えた。

大学病院の宮内医師だった。

近づいて、十津川に気がつくと、

「やあ」

と、声をかけてきた。

「君も、ヒマみたいだな」

と、宮内は、いった。

「先生も、ヒマみたいですね？」

十津川が、負けずに、いい返すと、

「今日は、午後休診だよ」

「その先生が、何しに来たんですか？」

と、十津川は、きいた。

「桜を見に来たんだよ」

と、宮内は、いった。

「もう、あらかた、散ってしまっていますよ」

「それでもいいんだ」

と、宮内は、いい、屈《かが》み込んで、泥に汚れた花びらの一つを、拾いあげた。

「これは、ソメイヨシノだ。知ってるかね？」

「ソメイヨシノの名前ぐらい、私だって、知っていますよ」

と、宮内が、きく。

「なぜ、ソメイヨシノというか、知っているかね？」

「知りませんが――」

「江戸時代に、染井村の植木屋が、吉野桜という名前で、売り出したので、ソメイヨシノという名前になった。そのくらいのことは、日本人なら、知っていて欲しいね」

と、宮内は、いった。

「先生」

「何だ？」

「私は、殺人事件の捜査で、忙しいんです。桜の名前の由来を、覚えるほど、ヒマじゃないんですよ」

「相当、てこずっているようだね」

「壁にぶつかりましてね」

「それなら、私に、知恵を貸してくれといえばいいのに」

と、宮内は、真顔で、いった。

「先生に、何か、いい知恵があるんですか？」

十津川は、半信半疑で、きいた。

宮内は、おもむろに、ポケットから、プラスチックのケースを取り出すと、

「さて、何が、出てくるか」

と、いいながら、フタを開けた。

中に入っていたのは、桜の花びらだった。

「桜の花びらじゃありませんか」

と、十津川は、拍子抜《ひょうしぬ》けした顔で、いった。

宮内は、十津川に向って、

「よく、花びらを見てみたまえ」

「よくですか？」

「そうだ」

「きれいで、可愛らしい花びらですが――」

「落ちているソメイヨシノの花びらと、比べてみなさい」

と、宮内は、いう。

十津川は、地面に落ちている花びらを、拾いあげて、それを、ケースの中のものと、比べてみた。

「大きさが、少し違いますね。こちらは何という桜なんですか？」

と、十津川は、きいた。

「ミドノヤエという桜だよ」

「どんな字を書くんですか？」

「水土野八重だ。この花びらを、私が、どこで見つけたと思うね？」

宮内は、ニヤッと笑って、十津川を見た。

「ひょっとして、殺された仏さんが、口の中に入れていたという桜の花びらじゃないんですか？」

十津川は、眼を大きくして、宮内を見た。

「その通り。珍しい花びらなので、こうして、ケースに入れて、とっておいたんだ。今日になって、この公園に、果して、ミドノヤエがあるのだろうかと思って、来てみたんだよ。だが、ここにあるのは、全部、ソメイヨシノだ」

と、宮内は、いった。

「先生」

「ああ」

「このミドノヤエというのは、日本のどの辺りに、生えているものなんですか？」

「一ヵ所だけに、生えているものじゃないよ。ソメイヨシノみたいに、日本全国に分布してはいないがね」

「場所を、限定できませんか？」

「いいことを教えよう。ミドノヤエの名前の由来だ」

「またですか。私は、場所を限定したいんですがね」

「いいから聞きなさい。ミドノヤエは、御殿場市水土野というところで、発見されたので、この名前がある」

「御殿場市――ですか？」

思わず、十津川の声が、大きくなった。

「そうだよ」

「御殿場以外では？」

「何ヵ所かで、見られると思うが、どこのミドノヤエならいいんだね？」

と、宮内は、きいた。

「御殿場です。しかし、御殿場の花と、わかりますか？」

「四月九日に、開花していたんだ。同じミドノヤエでも、場所によって、開花日が、違ってくる。私が、それを調べて、あとで、電話するよ」

と、宮内は、いった。

9

翌日の朝、宮内から、電話が、かかった。

「おめでとう。御殿場市のミドノヤエは、四月九日に、開花していたよ。他の地区のミドノヤエは、四月下旬が開花だ」

と、宮内は、教えてくれた。

「先生に、お願いがあります」

と、十津川は、いった。

「何だい？」

「明日、一緒に、御殿場へ行って下さい」

と、十津川は、いった。

「私は、医者で、刑事じゃないよ」

「しかし、今度の事件では、どうしても先生の助けが、いるんですよ。ぜひ、一緒に、御殿場へ行って下さい」

「私は、非力で、犯人を逮捕する手助けなんか出来んよ」

「そんなことを、先生には頼みませんよ。先生には、御殿場で、桜を見て頂きたいんです」

「ミドノヤエかね？」

「そうです」

「それなら、箱根へ行ってみるかね」

「助かります。明日、お迎えにあがります」

と、十津川は、いった。

翌日、朝食をすませてから、亀井と、パトカーで、宮内の自宅に、迎えに行った。

「パトカーでの遠出かね」

と、宮内は、笑いながら、車に乗り込んだ。

「わざわざ、覆面パトカーにはしませんでした」

と、十津川は、いった。

「相手に、圧力をかけるのか？　あんまり、フェアじゃないね」

「犯人も、フェアじゃありませんからね」

と、十津川は、いった。

春のぽかぽか陽気の中を、三人を乗せたパトカーは、箱根に向った。

「御殿場の何処に行くんだ？」

と、宮内が、きく。

「容疑者の別荘です」

「そこで、ドンパチやるんじゃないだろうね？」

「そういう荒っぽい相手じゃありません」

と、十津川は、笑った。

東名高速に入り、箱根の北側に廻って、神奈川県から静岡県に入った。

高速を利用すれば、御殿場から、東京へは、あまり時間はかからずに行けることがわかる。

「浅野は、何回も、このルートで、東京との間を、往復しているわけでしょう。十日の朝、会社へ荒木貴子を送って行った彼が、早過ぎる六時前に着いてしまうなんて、おかしいですね」

と、車を走らせながら、亀井が、十津川に、いった。

「わざと、早く着いたのさ。なるべく早く、死体を、あの公園の桜の下に置かなければならないからね」

と、十津川は、いった。

御殿場インターチェンジから、国道138号線に出ると、御殿場市は、すぐである。

「これから、先生に、活躍して貰いますよ」

と、十津川は、リア・シートで、うとうとしている宮内を、起こして、いった。

浅野の別荘は、すぐ、わかった。コンクリート二階建ての、洒落た建物である。

「この近くに、桜の木があれば、いいんですが」

と、十津川は、いった。

三人は、車から降りて、桜を探すことにした。

別荘の裏に廻っていた亀井が、

「ありました！」

と、大声をあげた。

低い桜の木が、三本、並んでいた。土手のような場所である。

「先生。この桜が、ミドノヤエかどうか、調べて下さい」

と、十津川は、宮内に頼んだ。

宮内は、ゆっくり、桜のところに近づいた。花びらは、あらかた、散ってしまっている。

まだ、残っている、わずかな花びらを、宮内はつまんで、見ていたが、

「間違いないね、ミドノヤエだ」

と、十津川に、いった。

「やっぱりですか」

と、十津川は、嬉しげに笑ってから、

「ミドノヤエというのは、低い木なんですね」

「ああ、そうだよ」

「これなら、首を絞められた時、苦しまぎれに、幹にしがみつき、その時、落ちた花びらを、口に含んだとしても、おかしくはないな」

と、十津川は、いった。

十津川と、亀井は、三本の木の下を、念入りに、調べ始めた。

ここで、浅野が、岸井美矢子の首を絞めて殺したのであれば、何か、それを証明するものが落ちていないかと思い、それを、見つけたかったのだ。

だが、なかなか、見つからない。

二人が、地面にしゃがみ込んで、探していると、

「そんなところで、何をしているんです?」

と、男の声がした。

振り向くと、浅野が、腕組みをして、こちらを見下していた。

「殺人の証拠を探しているんですよ」

と、十津川は、立ち上って、浅野に、いった。

「殺人の証拠？」

「そうです。岸井美矢子さんは練馬区石神井の公園で、殺されたのではなく、この桜の木の傍で殺されたことが、わかったんですよ」

十津川がいうと、浅野は、さすがに、はっきりと、狼狽《ろうばい》の色を見せた。

「そんな筈はない！」

と、浅野は、大声を出した。

「いや、彼女は、ここで、首を絞めて殺されたんですよ。あなたにね」

と、十津川は、いった。

「バカな」

と、いって、浅野は、桜の木のところまでおりて来ると、

「ここで、彼女が殺された証拠が、どこにあるんだ？」

と、十津川に、食ってかかった。

「宮内先生。彼に、説明してやって下さい」

十津川は、のんびり、離れた場所で周囲を見廻している宮内に、声をかけた。

宮内は、のそのそと、傍に寄ってくると、浅野に向って、

「私は、岸井美矢子さんの遺体を、司法解剖した医者でね、解剖の時、髪の毛の中に、小さな桜の花びらが、はさまっていたんだよ。これが、その花びらでね」

と、いい、例のケースの中の花びらを見せた。

「その花びらが、どうかしたのか？」

「よく見なさい。これは、ミドノヤエという種類で、練馬のあの公園の桜とは違う。向うの桜はソメイヨシノだからね。この花びらは、ここにあるミドノヤエと同じなんだ。あんたは、女性には詳しいかも知れないが、桜の花には、詳しくないようだね」

「それが、彼女の髪の毛にはさまっていた証拠はあるのか？」

と、浅野が、いった。

「よく、この花びらを見なさい。髪の毛が一本、からみついているだろう。女の執念というやつだね。どうしても、取れないんだよ。この髪の毛は、彼女のものだよ。検査すれば、簡単にわかる。女は、怖いねえ」

と、宮内は、いった。

「そんな筈はない！」

と、浅野が、わめく。

「そんな筈はないって？　この髪の毛は、岸井美矢子のものだよ。匂いを嗅《か》いでみるかね？」

と、宮内は、ケースを、突きつけた。

浅野は、怯《おび》えたように、顔をそむけて、

「そんな筈はないんだ！　あの時、よく見たんだ！」

「あの時だって⁉」

と、今度は、十津川が、怒鳴った。

浅野は、いきなり、別荘に向って、逃げ出した。

「カメさん、緊急逮捕！」

と、十津川が、叫び、亀井が、浅野に飛びついた。

斜面に、折り重なって、二人は倒れ、亀井が、相手を押さえ込んで、手錠をかけた。

立ち上らせて、パトカーのところに、連れて行く。

十津川は、それを見送ってから、宮内に向って、

「先生は、嘘をつきましたね」

「嘘って？」

「あの花びらは、彼女の口の中に入ってたんでしょう？　なぜ、髪の毛に、はさまっていたなんて、嘘をついたんですか？」

と、十津川は、車に向って歩きながら、きいた。

「口の中にあったんじゃ、彼女の髪の毛が、絡みついていたなんていえんじゃないか」

「髪の毛が絡みついていたって、なぜ、いったんですか？」

「その方が、おどろおどろしくて、犯人を動揺させられると思ってね」

と、宮内は、笑った。

「髪の毛は、先生のですか？」

「ああ、一本抜いて、絡みつけておいた。犯人が動揺していて、はっきり見ないんで、助かったよ」

「どうしてですか？」

「年は取りたくないねえ。先が、ちょっと、白くなってたんだ」

「先生」

「何だ？」

「先生は、意外に、悪党ですね」

と、十津川は、いった。

解説——これぞ東奔西走の謎解きの旅

山前　譲

十津川警部がフットワークの軽い、じつにアクティブな捜査官であることは言うまでもない。シリーズの初期作では海外まで足を延ばすことも珍しくなかったが、一九七八年刊の『寝台特急《ブルートレイン》殺人事件』以降は東奔西走、日本各地を事件の捜査で訪れている。

時には鉄路で、時には空路でと、その捜査行の移動距離をトータルしたらどれくらいになるのかは、概算することすら不可能ではないだろうか。数は少ないが船旅での謎解きもあった。地球を何周もするような長い距離になっているのは間違いない。

本書『十津川警部　追憶のミステリー・ルート』にはそんな十津川警部とその部下たちの捜査行が四作収録されている。

最初の「伊豆下田で消えた友へ」(「小説宝石」一九九三・六　光文社文庫『伊豆・河津七滝に消えた女　―十津川警部の叛撃―』収録)は、十津川の大学時代の友人が被害者となってしまった事件である。
晴海埠頭《ふとう》近くの東京湾で男の水死体が発見された。R食品の営業部長で、なんと十津川と大学が一緒の小島信であった。じつは十津川は、彼からの手紙を受け取ったばかりである。休暇を取って下田の蓮台寺に来ている。君とゆっくり話し合いたいことがあるのだが――と書かれた手紙を……。

富士箱根伊豆国立公園の一部である伊豆半島は、起伏に富んだ地形と温暖な気候からリゾート地として昔から親しまれてきた。熱海、伊東、修善寺、土肥など泉質もさまざまな温泉と豊富な海の幸が、年齢性別を問わず今も観光客を誘っている。川端康成「伊豆の踊子」ほか、文学作品の舞台としてもポピュラーで、文学碑は半島内に数百もあるという。

十津川警部の勤務先である東京の警視庁からの交通の便はいい。玄関口と言える熱海までは、東京駅から新幹線で五十分ほどだ。リゾート感をたっぷり楽しめる特急の「サフィール踊り子」や「踊り子」なら、熱海まで約一時間二十分、伊東まで約一時間五十分、そして伊豆半島南端の伊豆急下田までは三時間弱である。

源氏滅亡の場として歴史にその名を残す修禅寺（駅名は修善寺）へは、新幹線の三島駅から箱根鉄道駿豆線に乗り換えて二時間足らずの旅だ。直通の「踊り子」でも三時間十分ほどである。少年時代に西村氏が海水浴を楽しんだという西伊豆は、鉄道利用ではちょっと不便だが、伊豆縦貫自動車道など道路網の整備が進んでいる。

そのせいかどうか、十津川警部シリーズでの伊豆半島へのミステリー・ルートはじつに幅広い。『南伊豆高原殺人事件』、『伊豆の海に消えた女』、『伊豆海岸殺人ルート』、『伊豆誘拐行』、『南伊豆殺人事件』、『十津川警部の対決』、『伊豆 下賀茂で死んだ女』、『西伊豆 美しき殺意』、『熱海・湯河原殺人事件』といった長編のほか、短編にも「青に染まった死体」、「お座敷列車殺人事件」、「河津七滝に消えた女」、「友の消えた熱海温泉」、「下田情死行」、「十津川警部の休暇」、「午後の悪魔」、「二階座席《シート》の女」、「偽りの季節 伊豆長岡温泉」などがある。

ここで十津川警部と亀井刑事が捜査で向かう蓮台寺は、いくつかの温泉地からなる下田温泉のなかでもっとも賑《にぎ》わいを見せている温泉地だ。僧行基《ぎょうき》の発見と言われる古い温泉で、泉量の豊富なことで知られる。ただし十津川や亀井にゆっくりその温泉に入る時間はなかったようだ。

やはり半島である能登半島など、北陸方面にもミステリー・ルートは展開されている。十津川班の日下刑事がメインの「恐怖の海 東尋坊」(「オール讀物」一九九四・一 文春文庫『恐怖の海 東尋坊』収録)は、彼の自宅の留守番電話に残されていたメッセージが謎解きをそそっていく。大学時代に憧れていた女性からのものだったが、それに誘われて福井県の東尋坊へと旅立った日下は、死体発見の場面に立ち会うことになるのだ。

日下刑事は小松空港からタクシーで向かっているが、東尋坊はえちぜん鉄道三国芦原線の三国駅からバスで十五分ほどのところにある。輝石安山岩の柱状節理が世界にもなかなか類のない奇景を生みだした。国の天然記念物および名勝に指定されて観光客で賑わっているが、もっとも高い崖《がけ》は二十五メートルもあるというから、高い場所が苦手な人は要注意だろう。東尋坊が登場する十津川シリーズの長編には、『寝台特急「北陸」殺人事件』、『スーパー雷鳥殺人事件』、『十津川警部北陸を走る』などがある。

十津川警部シリーズではその他、『十津川警部「故郷」』、『十津川警部　特急街道の殺人』、『十津川警部　小浜線に椿咲く頃、貴女は死んだ』、『十津川警部　さらば越前海岸』といった長編や「越前殺意の岬」ほかの短編で福井県が舞台となっている。

北陸新幹線が二〇一五年三月に金沢まで開通したが、さらに福井方面へ延伸される予定だ。その暁には、新しいミステリー・ルートが拓かれるに違いない。

十津川警部シリーズでの興味深いミステリー・ルートは、紀伊半島、とりわけ南紀白浜方面へのルートだろう。一九八五年刊の『寝台特急「紀伊」殺人行』を皮切りに、

『南紀殺人ルート』、『紀勢本線殺人事件』、『ワイドビュー南紀殺人事件』、『南紀白浜殺人事件』、『南紀オーシャンアロー号の謎』、『十津川警部　南紀・陽光の下の死者』、そして古代史を背景にした異色作『悲運の皇子と若き天才の死』と、そこを舞台にした長編が目立つからだ。短編でも「振り子電車殺人事件」、「青に染まる死体　勝浦温泉」、「南紀夏の終わりの殺人」、「日高川殺人事件」などがある。

日本三大古湯のひとつとされている白浜温泉があり、海水浴場やゴルフ場も充実している。紀勢本線白浜駅からバスで十分ほどのところにあるアドベンチャーワールドは、パンダの飼育で有名だ。太地町のクジラ漁は国際的に何かと話題になっているが、伝統的文化として日本遺産に認定されている。そんな人気観光地とはいえ、警視庁からは遠い。十津川警部にはあまり馴染《なじ》みがないのでは？　だが、北陸同様、西村氏がかつて住んでいた京都に比較的近いことから、南紀へのミステリー・ルートが展開されていったようだ。

ここに収録されている「十津川警部　白浜へ飛ぶ」（「小説現代」一九九七・十二講談社文庫『十津川警部　白浜へ飛ぶ』収録）は、その南紀白浜と東京を結んでの殺人事件である。東京の阿佐ケ谷駅近くのマンションで、商社マンの死体が発見された。白浜名物の饅頭《まんじゅう》に毒が仕込んであった。同じ頃、南紀白浜空港のトイレで首を絞められた死体が発見される。その日のうちに白浜へ飛ぶ十津川と亀井だった。

最後の「箱根を越えた死」（「小説現代」一九九五・四　講談社文庫『北陸の海に消えた女』収録）のタイトルにある箱根も温泉で有名だ。そして、首都圏から車で約一時間十分、富士山観光やアウトレットモールが楽しめる御殿場には、日帰り温泉が多いようである。

東京練馬の公園で発見された小柄な女性の死体は、首を絞められ、桜の木の下に横たわっていた。死体にも、そして死体を見つめる十津川警部らにも桜の花びらが落ちてくる。昼間はデザインの勉強をし、夜はクラブで働いていた。クラブのママによれば男関係でトラブルがあったという。その相手、青年実業家の浅野は死亡推定時刻に、御殿場の別荘にいたというのだが……。犯人を追い詰める決め手がユニークと言えるだろう。

東京―箱根―御殿場を結ぶミステリー・ルートに関係する十津川シリーズには、『富士・箱根殺人ルート』、『箱根　愛と死のラビリンス』、『十津川警部　箱根バイパスの罠』といった長編、あるいは「殺意を運ぶあじさい電車」、「恨みの箱根仙石原」、「恨みの箱根芦ノ湖」といった短編がある。そして、そのルート上の湯河原に「西村京太郎記念館」があるのだ。

十津川シリーズのミステリー・ルートは日本各地に延ばされているが、とりわけ温泉に向かって引かれることの多いのは本書『十津川警部　追憶のミステリー・ルート』で明らかだろう。多彩な舞台とユニークな謎解きがここで堪能できるに違いない。

（初刊本の解説に加筆・訂正しました）

二〇二一年一〇月

この作品は2019年7月徳間書店より刊行されました。
なお、本作品はフィクションであり実在の個人・団体などとは一切関係がありません。

徳間文庫

十《と》津《つ》川《がわ》警《けい》部《ぶ》
追《つい》憶《おく》のミステリー・ルート

2021年11月15日　初刷

著者　西《にし》村《むら》京《きょう》太《た》郎《ろう》
発行者　小宮英行
発行所　株式会社徳間書店
東京都品川区上大崎三-一-一　〒141-8202
目黒セントラルスクエア
電話　編集〇三(五四〇三)四三四九
販売〇四九(二九三)五五二一
振替　〇〇一四〇-〇-四四三九二
印刷
製本　大日本印刷株式会社

ISBN978-4-19-894694-4　(乱丁、落丁本はお取りかえいたします)

徳間文庫の好評既刊

西村京太郎

十津川警部 哀愁のミステリー・トレイン

大阪発金沢行きの特急「雷鳥九号」のトイレで貴金属会社社長の射殺死体が発見された。やがて北陸本線・新疋田《しんひきだ》駅と敦賀《つるが》駅間で凶器が発見され、被害者と車内で話しこんでいた女が容疑者として浮上する。が、この事件の同時刻に、金沢で、同じ凶器による代議士殺害事件が起きていたことが判明！　彼女に犯行は可能なのか？　「『雷鳥九号』殺人事件」他、不朽の鉄道ミステリー四篇を収録。